拯救世界吧！少女魔王！ 06

魔王陛下的煩惱很多！

魔王・莫忘
天然正太・賽恩

莫忘

表 女高中生。

裏 魔王陛下。

私 溫和乖巧，能體諒他人，是個外柔內剛的好女孩。

技 透過「做好事」積攢魔力值，以增加自己的速度、體質以及力量，並可藉此召喚新的守護者；可是若做了壞事就會被扣魔力值，導致體力下降。

艾斯特

表 莫忘的表哥。

裏 來自魔界的魔王陛下第一守護者。

私 總是一臉正經嚴肅，實則是個重度魔王控，在魔王面前會展露出愚蠢、輕微抖M和易失落的傾向。

技 武力派。

格瑞斯

表 莫忘的表哥二號。

裏 來自魔界的魔王陛下守護者。

私 看起來極其優雅，其實是個天然呆，偶爾會做出讓人啼笑皆非的事情。常與艾斯特拌嘴卻又互相信任。

技 擅長各種魔咒。

賽恩

表 莫忘班上的轉學生。

裏 來自魔界的魔王陛下守護者。

私 開朗無比，天然呆與天然黑的集合體。懂得尊重前輩。他全心全意信賴著魔王，並且想一直守護著她。

技 巨力武鬥派。

瑪爾德

表 魔王陛下的第四位守護者，魔力強大的天才。

裏 被族人稱為「怪人瑪爾德」。

私 脾氣溫和卻不擅與人交流，對於懶得搭理的人會直接無視。厭惡戰鬥到一站上比武場就暈厥。夢想是當花農。

技 擅長醫療和解咒。

艾米亞

表 艾斯特的弟弟，克羅斯戴爾家族的次子。

裏 兄控。被莫忘認為是個抖M。

私 性格惡劣、毒舌，又有孩子氣的一面，內心深處非常依賴和喜歡哥哥，因此在覺得被哥哥拋棄後做出了報復性的舉動。

技 以魔法戰鬥為主，不擅長近身戰。

穆子瑜

表 莫忘仰慕的學長，穆家長子。

裏 普通人類。看似被家族呵護，實則爹不疼娘不愛。

私 看起來很溫和，其實內心很腹黑陰鬱，性格表裡不一。
有嚴重的幽閉恐懼症、黑暗恐懼症。

技 不自覺的以溫柔的笑臉征服女性同胞。

陸明睿

表 莫忘的學長，穆子瑜的好友（損友？）

裏 陸家繼承人，實則命在旦夕。

私 留著小辮子兼染髮的吊兒郎當痞子男，總是用開玩笑的口吻逗弄莫忘，相當的腹黑和惡趣味。

技 跟蹤、偷窺。

石詠哲

表 男高中生，莫忘的青梅竹馬。

裏 勇者大人。

私 輕微驕傲，與他人相處還算隨和，但和莫忘在一起時卻相當的傲嬌。

技 被勇者之魂附體的情況下會使用出劍術，卻每次都被魔王「空手接白刃」；可透過「做壞事」積攢魔力值，召喚聖獸來為自己作戰。

薩卡

表 石詠哲養的白狗。

裏 勇者大人的第二隻召喚獸。

私 自帶死魚眼的捲毛大狗。嗜睡、酷愛甜食，常吐槽自家勇者，還容易被甜食吸引而被人牽著鼻子走。

技 「轉換」，對有生命的物體進行靈魂轉換。

尼茲

表 一隻有小型兔尺寸的白鼠。

裏 勇者大人的第三隻召喚獸。

私 戴著單邊眼鏡、一派優雅儒士的打扮。說話淡定不激動，但講出來的話卻容易讓人激動暴走。

技 因其聰明才智，被稱作「移動圖書館」。

尤雅

表 石詠哲新的小夥伴，一隻小黃鳥。

裏 勇者大人的第四隻召喚獸。

私 名副其實的戰鬥狂，每天最愛做的事情就是找其他聖獸打架。因為勇者耐打抗揍，於是得到牠的認可。

技 可以溝通任意空間。撞殺。

CONTENTS

第一章 魔王陛下的禮物很多 007

第二章 魔王陛下的朋友很多 047

第三章 魔王陛下的拜訪者很怪 077

第四章 勇者大人的謎片很多 121

第五章 守護者的偽裝很糟糕 165

第六章 穆學長的生日很「熱鬧」 197

第七章 魔王陛下的氣場強大 217

第一章 魔王陛下的禮物很多

這天，女孩如往常一般與少年一起去到了學校。

過往那些天的事情現在再想，簡直就像是一個遙遠的夢境。

艾斯特的生命危在旦夕也好，召喚新的守護者也好，跌入魔界也好，遇到艾米亞也好，登基成為真正的魔王陛下也好——那一切好像都暫時離她遠去了。

現在的她，只是一個普通的高中生，僅此而已。

回校後的第一件事自然是找班導師銷假，而後又得到導師的一頓噓寒問暖——這與莫忘的臉色有關，那蒼白的小臉喲，怎麼看回老家都是……咳咳咳，而導師孫欣如又是女性，感情比較豐富，於是安慰之。

回到班上，莫忘又被小夥伴……

總之，她簡直是被愛包圍的幸運兒啊！不像一直被忽視的某人……

石詠哲：「……」QAQ

「嗚哇小忘我好想妳啊！」蘇圖圖抱著自家小夥伴一陣猛蹭，「快說，妳想不想我？」

「……想的。」莫忘被她抱得快喘不過氣來。

「我就知道！」

莫忘默默補刀：「不過更想小樓。」

「……喂！」

「嘿嘿。」

「不對勁啊！」蘇圖圖一把推開莫忘，左右仔細看了一眼，又伸出手捏了捏她的臉皮，疑惑道：「是本人沒錯啊，怎麼才八、九天不見，妳整個人好像都變壞了？」

「……哪裡有壞啊？」她這叫成熟，成熟！而且，對她來說，過去的時間可不僅僅是八天，而是八十天才對，有變化是很正常的事情吧？

「哪裡都有！」

「……」

就在此時，林樓開口了，一如既往犀利的說：「女人變化的速度是很快的。」

莫忘連連點頭，「就是就是。」

蘇圖圖：「……」

林樓接著說：「往往就在一夜之間。」

莫忘繼續點頭，「就是……」怎麼突然覺得哪裡不太和諧？

蘇圖圖：「噗！」捂嘴，偷笑，「討厭，小樓妳真壞。」

長髮女孩一臉迷糊的歪頭，「啊？」

莫忘：「……」好吧，看來小樓似乎完全沒意識到自己說了些什麼。

「說起來，妳回來的還真巧，後天就聖誕節了哦。」

「哎？是嗎？」莫忘掐指一算，還真是這樣，隨即她又想哭了——糟糕，還有幾個人的禮物沒有買呢！

「是啊！班上的同學說平安夜一起去聚餐，然後再去唱歌，反正明天就是週六。小忘妳有時間嗎？」

「啊？有的！」莫忘點頭，這麼久不見小夥伴，當然要好好熱鬧一下啊！

「很好，那就這麼說定了！」蘇圖圖笑道。

「嗯！」

和朋友聚在一起是那麼快樂，以至於哪怕是在學校，莫忘依舊覺得時間過得飛快，一眨眼就是中午了，再一眨眼就是傍晚了。

從前老聽別人教育孩子說：「讀書就是在享福！」而包括她在內的孩子們則有點不以為然——讀書也是很辛苦的！起早貪黑什麼的，沒有自由什麼的，填鴨教育什麼的，應試考試什麼的……好苦哇！

但是呢，在親自「工作」了一段時間後，莫忘真心覺得，讀書的時光真的舒服多了，完全不需要考慮太多。還有就是……嗯，傳說中的「花別人的錢做自己的事」挺痛快的，等到真的需要「自己賺錢再花自己的錢」時，恐怕買東西什麼的就沒有這麼痛快了。

「笨蛋，站在路上不動，在感慨些啥啊？」石詠哲一手按住莫忘的腦袋，將其晃了晃。

「在想你才是笨蛋。」

「……」嘖，嘴巴還是這麼不饒人，「走了。」

「不要！」莫忘搖頭。

「……哈？」

「今天我不和你一起回去。」

石詠哲呆住，「什麼？」他以為人生的悲劇已經結束了，結果才剛開始嗎？

「小小姐陛下和我一起走！」賽恩冒出。

少年呆呆的看著自家小青梅，再看看非常可恨的小金毛，下意識反問：「啊？」

「意思就是，今天的你被甩了！」莫忘很不客氣的指著石詠哲說，說完後一把挽起賽恩的手臂，「再見！我們走！」

「是。」金髮少年燦爛的朝對方揮了揮手，「再見哦～」

「……」什、什麼情況？在那八十天裡到底發生了什麼事啊啊啊！不對啊，賽恩那傢伙明明是和他一起去的啊？

小竹馬默默的抓狂了。

而不遠處的拐角，莫忘鬆開賽恩的手，偷偷趴在牆角偷看，瞬間笑得打跌，「看看他的表情，好蠢！」

賽恩也雙手扒牆，下巴擱置在莫忘的頭頂上，點頭贊同：「嗯嗯嗯，真的好蠢。」隨即又問：「不過，小小姐陛下，這麼欺負勇者大人真的沒問題嗎？」

「那也沒辦法啊。」莫忘望天，「要送他的禮物還沒買好，總不能帶著他一起去吧？」上次和穆學長逛街時，沒有買送給阿哲的東西，本來是打算之後再買的，誰知道會發生那麼多事情。

「說的也是。」

「對了，賽恩，你帶著錢吧？」因為體質的緣故，莫忘完全不敢帶錢出門。之前壯著膽子帶錢和穆學長一起出門，回到家想起來時拿出錢包來一數，不知何時居然掉了三張千元大鈔，把她心痛得那一晚都沒睡著。

「帶著的。」賽恩點了點頭。

「太好了，我們順帶把瑪爾德的禮物也買了。」

「他也有？」

莫忘點頭，「當然！」再怎麼說也是她的守護者，怎麼可以厚此薄彼。

「好羨慕啊……」賽恩一邊說著，一邊果然露出了「我好羨慕嫉妒恨」的表情。

莫忘「噗」的一聲就笑了出來：「你的早就買好了啦！」

「哎？真的？」

「真的！」她可不是隨便撒謊的人，會被扣魔力值的！

「是什麼？」

「是……」莫忘拖了個長音後，悄悄眨了眨眼睛，「秘密哦～」

「哇，好期待！」賽恩正準備再說些什麼，突然喊道：「小小姐陛下，勇者大人似乎想跟蹤我們呢，正在往這邊跑。」

莫忘：「……」他還真是習慣了啊，上次是誰和她保證再也不做這種猥瑣的事情了？

「怎麼辦？」

「我們走！」換乘幾次車的話，總能成功的把那傢伙甩掉吧？！

於是，在「你追我趕」中，十二月二十三日的這一天，就這麼愉快的過去了。

★◎★◎★◎★◎

次日很快到來。

下午三點多，小夥伴們就三五成群的聚集到了某家火鍋店門口。之所以選擇這個地點，大概是因為對於年輕人來說，再沒什麼比火鍋更適合多人一起食用了，尤其現在還是冬季。

一群人到後，大家開始鬧哄哄的點數——

「都來齊了嗎？」

「站著別動，我數個數。」

「一、二、三……」

「咦？怎麼多了一個？」

莫忘舉手：「就是我昨天說會帶來的表哥。」順帶還替他交了一份錢。

所謂的表哥，當然就是瑪爾德了。因為賽恩也是「同學」的緣故，如果莫忘和他都出來了，家裡就真的只剩「新來的守護者」了，未免太過孤單。而且……咳，莫忘非常擔心，這個對一切用品都好奇心旺盛的傢伙，會不會像某金髮少年般想拆開它們看一看？權衡了一下利弊後，她毅然決然的把人帶了出來。

當然，她事先詢問過瑪爾德的意見，她可不是什麼「專制獨裁者」。

「哦，這就是妳表哥啊。」

「嗯。」

因為魔法的遮蔽，瑪爾德漂亮的淺青色長髮與近乎純色的眼眸，在其他人眼中看來同樣是黑色的。雖然髮色和眸色發生了改變，衣物也換成了這個世界的款式，但他與生俱來的俊俏臉孔卻沒有發生絲毫改變。大概是長期與花草作伴的緣故，瑪爾德的氣質很沉靜，如同山中清泉，林間微風。而且因為魔力強大的緣故，外表的年紀也定格在了二十四、五歲。

面對著眾人疑惑的視線，他只是微微一笑：「大家好。」

雖然被稱為「怪人」，但瑪爾德並非不通禮節。而且身為守護者，哪怕沒有任何功勞，至少也不能拖魔王陛下的後腿。

學生們一愣之下，紛紛回應——

「呃，你好……」

「莫忘家的表哥長相都很帥呢。」

「家族基因？」

「那為啥莫忘……」

「喂。」

「咳咳咳。」

莫忘：「……」喂喂，那句可疑的話是怎麼回事？她的長相和「表哥們」不像還真是對不起啊！真是的，魔族的長相就是在作弊，魔力越強人越帥氣什麼的……按照這個標準，她難道不應該變成曠古絕今的絕世大美女嗎？！雖然……話說她現在也不難看吧？怎麼說也能達到五官端正、看起來可愛的標準吧？只是對比守護者的結果啊……啊啊啊，好氣人！

她這邊還在糾結，那邊同學們已經跟餓狼似的直撲店中了。

「小忘，走了！」

「嗯，好。」

莫忘招呼著跟了上去，賽恩正和小竹馬一起縮在男生堆裡，而緊跟在她身邊的瑪爾德則輕聲問道：「陛下，為什麼選擇這個時間吃飯呢？不覺得太早了嗎？」而且離午飯也沒有過去多久。

「因為這個時候的位置最好訂啊！」莫忘很自然的回答，「再晚一點，大概五點後，店裡就會超級爆滿了；而且老闆說，訂在這個時間的話會給折扣。」

「原來如此。」瑪爾德點了點頭。

「對了，你能吃辣嗎？」

「能的。」

莫忘驚訝了：「哎？」

瑪爾德卻更加驚訝：「您為什麼這麼吃驚？」

「啊，這個啊……」莫忘略尷尬的笑了笑，「因為你看起來屬於不吃辣的人啊。」明明長著一張超愛吃清淡蔬菜的臉……混蛋，她被表象欺騙了嗎？

「陛下，您這個世界的人都靠長相辨別愛好嗎？」

「……」沒有這種事好嗎？世界母親，對不起，敗壞了您的形象……

事實證明，瑪爾德說的果然沒錯，他是真的能吃辣，不過相比肉食，他似乎真的更愛吃蔬菜，這讓莫忘稍微好受了點——看，好歹猜對了一半！

而這傢伙的怪癖也逐漸展現了出來，但凡有人和他說話，青年表現出的都是：微笑……微笑……微笑……

之後，莫忘悄悄問他：「你真的聽到他們對你說了什麼嗎？」

瑪爾德則再次露出驚訝的表情：「有人對我說過話？」

「……」真是夠了！無視得夠徹底啊喂！

★◎★◎★◎★◎

一頓飯，熱熱鬧鬧的從下午三點吃到了傍晚五點多。那正是人多的時刻，他們這一群人在無數人「感激」的目光中挺著肚子飄然遠去，直奔附近的ＫＴＶ大包廂，地方當然也是提前就訂好的，因為裡面的食物和飲料很貴的緣故，大家都悄悄的把買好的東西塞到背包中偷運進去，反正店家服務生不可能搜包。

雖然這種行為似乎不太好，但所有人的確做得挺開心。當然，為了表達歉意，大家還是叫了幾個果盤，與訂大包廂送的果盤堆在一起，就足夠所有人吃了。等東西送到後，他們便嚴嚴實實的把包廂的門鎖上，而後開始盡情狂歡。

莫忘試吃了下小片的西瓜，發現果然不甜，卻還是本著不浪費的精神吃了個乾乾淨淨。

「唔，違背自然生長出的果實果然不夠甘甜呢。」

「……」她一扭頭，發現自家「表哥」也正捧著一塊西瓜嚼著。

「陛下，您覺得呢？」

「嗯……你頭上的耳朵是怎麼回事？」莫忘扶額，才一會兒工夫不見，他腦袋上怎麼頂著個軟乎乎的貓耳？哪裡來的？

瑪爾德歪頭問：「嗯，哪裡來的呢？」

「……」喂！他又把送東西來的人忽視掉了嗎？！

就在此時，腦袋突然一沉，而後聽到耳邊傳來的嘿嘿聲，莫忘無奈的歪頭：「圖圖？」

「嗯嗯，小忘妳果然很適合兔耳。」

「……」她就知道這種事和這傢伙脫不了關係！

莫忘看著小夥伴手中提著的塑膠袋，真是滿心無語，她到底是如何把這一大袋子的各種耳朵偷運進來的啊？再一看，班上的同學幾乎都戴上了，弄得跟動物園似的。

石詠哲是狗耳朵？

賽恩和她一樣是兔耳。

小樓是貓耳娘。

圖圖……

「妳頭上是什麼啊？」

「特別訂製的豬耳朵，怎麼樣？帥氣吧！」蘇圖圖一邊說著，一邊不知從哪裡摸出了個豬鼻子，往自己鼻子上一貼，笑得可得意了。

莫忘：「……」把自己打扮成豬到底是有多值得開心啊喂！

「下面這首歌是誰的？」

「我的！」蘇圖圖連忙舉手，「我們三個的！」她一把扯著莫忘跑過去拿住麥克風。

莫忘朝大螢幕一看，又是滿頭黑線，這首歌……這首歌……

她正囧著呢，小夥伴已經非常自覺的唱了出來：「猴哥！猴哥！你真了不得！五行大

山……」（注：大陸電視劇《西遊記》主題曲）

莫忘：「……」唱就唱，為什麼盯著她啊？啊？她是猴哥嗎喂！

就在此時，林樓拿起了另一支麥克風，唱道：「猴哥～猴哥～你真太難得～～～」

莫忘：「……」真是夠了！為啥都盯著她啊？！

再一看，班上的同學已經笑得前仰後合，有幾個人還指指點點的大聲說：「莫忘，原來妳是猴哥啊！」

莫忘：「……」她牙一咬，心一橫，突然一把搶過蘇圖圖手中的麥克風，「噌」的一下調到了臺上，指著某人就唱：「豬哥！豬哥！你真……」

蘇圖圖抓狂：「喂！誰是豬啊？！」

不少人起鬨：「妳啊！」

「豬哥～豬哥～」林樓再次發揮神補刀的功能。

蘇圖圖不滿喊道：「喂！小樓，說好的一起欺負小忘呢？」

莫忘一邊跑一邊補刀：「豬哥～」

「……啊啊啊！麥克風還給我！」蘇圖圖開始追莫忘。

一片哄笑聲中，賽恩摸到了瑪爾德的身邊，笑著說：「前輩，這個世界很有趣吧？」

「唔……」瑪爾德思考片刻後，回答說：「水果不夠甜。」

如果是其他人肯定要囧然了，但賽恩是誰啊，這傢伙的天然神經足夠讓他成功對接到任何腦思維，所以他的笑容更燦爛了，「葡萄挺甜的。」

「我沒吃到。」瑪爾德鼓臉。

「嗯，因為都被我吃了。」

「……」瑪爾德盯。

賽恩微笑回盯。

又熱鬧了一會兒後，不知道是誰先發起的，所有人自發的送起了禮物。

莫忘當然也是準備齊全，她拿起自己的包包，首先從其中拿出了厚厚一大疊賀卡，人手發了一張，這是送給關係普通的同學的，雖然簡單又不貴，但都是她親手挑選，完全沒有重複的。

而發放時，她發現賽恩有樣學樣，不知從哪裡掏出了兩大串編織手鍊，左手拿的略粗且上面綴著的晶石顏色較深，是送給男同學的；而右手拿的則略細且晶石顏色更加鮮豔，毫無疑問是送給女生的。

「這個是？」

「回來前在街上買的。」

「……」還真是個好主意，她怎麼就沒想到？不過，莫忘小聲問：「沒關係嗎？」那些石頭不會被檢測出是啥啥稀有啥……吧？那會惹麻煩的。

賽恩同樣小聲的回答說：「沒關係的，只是普通水晶啦。」

賽恩雖然天然呆了點，卻不是全然的傻瓜，他敢打包票的事情，就一定沒什麼大事。

「那就好。」

因為「土豪」同學的大手筆，成功贏得了不少同學的愛，於是他被拖走了。

而莫忘也抓了一大把的回禮卡片回到了原位坐下。緊接著，她從包包裡拿出了其他包裝精美的小禮品，分別送到了幾人的手中。

送給蘇圖圖的是一個隨身攜帶的便利針線包，她還特地從魔界帶了些色彩豔麗的絲線回來，塞入了其中。

於是她得到了對方這樣的回應：「哇！小忘，我愛死妳了！」

被糊了一臉口水的莫忘：「……」

送給林樓的是一套鑲嵌著各種晶石的漂亮髮飾，莫忘一直很羨慕她那頭微捲的長髮，所以看到這套髮飾的瞬間就決定要送給她。當然，和賽恩一樣，這套髮飾上面鑲嵌的只是普通的水晶，更貴重的禮物莫忘當然也能拿到，問題是事後被發現了不好解釋。

然後她得到了對方這樣的回應：「很喜歡。」

再次被糊了一臉口水的莫忘：「……」

送給賽恩的是一副金藍相間的耳塞，他從前段時間開始似乎迷上了用手機放歌聽，還似乎挺糾結「上課的時候不能聽真可惜啊」，咳咳咳……反正他也不需要再參加這個世界的啥考試了，上課玩玩也無所謂。

「哇，小小姐……咳！」因為旁邊有人的緣故，賽恩明智的吞下了剩下的字眼，開心的大叫：「我好喜歡！」=3=

莫忘：「……」拍！！！

女生就算了，他一個男生也想占便宜嗎？走開啦！

「嗷！」賽恩委屈的抱著被砸出一個大包的頭，眼中含淚的控訴：「您太偏心了。」

「……」這和偏心有什麼關係啊！

非常想咆哮當場的莫忘深吸口氣，轉而將最後一件禮物遞到瑪爾德的面前，「給你。」

「我也有？」

「嗯！」莫忘笑著點了點頭，「當然！」

瑪爾德歪了歪頭，隨即接過挺大的禮盒打開，發現裡面裝著一本畫冊與一個漂亮的錦囊，他首先打開了後者，歪頭看了看，問：「種子？」

「嗯，聽說你很喜歡植物，所以我就把能買到的花草種子都拿了一份，當然都是不貴的類型。」莫忘撓了撓臉頰，「不過我不太懂這些，所有又買了這本圖冊，上面有普通植物的樣子和種植手法，應該還挺管用的吧？」

「……」

莫忘有些忐忑的說：「呃，是不是不太喜歡？那……」

瑪爾德驟然笑了起來，輕輕搖頭說：「不，我很喜歡。」

「真的？」

「真的。」

「那真是太好了。」莫忘鬆了口氣，因為相識的時間最短的緣故，她對瑪爾德也是最不瞭解的，而這帶來的直接後果就是——不知道該如何與他溝通相處。不管怎樣，送出的禮物沒有被他討厭真是太好了。

「陛下。」瑪爾德勾手指。

「什麼？」莫忘低頭。

「啾～」

「……」莫忘萬分無語的摸著自己的側臉，「你做什麼？」

「回禮啊。」瑪爾德很淡定的回望著她，「這不是習俗嗎？」

「……你以為我為什麼拍飛賽恩？」

「難道不是因為他親的位置不對？」瑪爾德稍微比劃了一下臉，「那兩個女孩親的是您的左臉，而他想親您的右臉，所以被拒絕了。」

莫忘：「……」艾斯特，快來把這個奇怪的傢伙帶回去！！！

喧鬧的聲音掩蓋了包廂中傳來的一聲輕響。

「卡嚓！」

石詠哲默默的低頭看了一下手，隨手把掌心中的碎片放進菸灰缸中，一秒鐘前，它還是一個玻璃杯。

——失算了！原本以為那個留在魔界的艾斯特算是個威脅，沒想到居然來了個更加可怕的。那個不分青紅皂白就上去占便宜的混蛋是怎麼回事？欠扁啊！

石詠哲很生氣、很憤怒、很痛心，他簡直就是一座即將爆發的火山，只要稍微再給點刺激，他就會「轟！」的一聲炸開，用滾燙的岩漿將一切看不順眼的混蛋全部掩埋！

為啥他這麼生氣？

那還用說嗎？

一、他心愛的妹子被占便宜了！

二、他親愛的妹子不給他禮物！TAT

三、為啥等了這麼久都沒有給他的禮物？為啥啊？為啥啊？為啥啊？！

……他被無視了嗎？

懷著這種悲傷的心情，他又等待了片刻，隨即發現，他家小青梅居然開始收禮了！完完全全的忽視了他而開始收禮了喂！還笑得那麼開心……TAT

收到禮物當然會開心啊！

這也是莫忘甩掉石詠哲偷偷去買禮物的原因，比起「已知」，果然還是「未知」更讓人快樂吧？尤其是打開禮盒的那一瞬間，那迸發而出的喜悅的火星燦爛到會讓人上癮。

蘇圖圖送給她的是自己設計製作的一件冬季穿的大衣，面料是紅色的蘇格蘭格子呢，款式居然有點類似於巫婆裝，身上有著各式各樣歪歪斜斜的「口袋」，一些「原料」順著「口袋」滑了出來，鈕釦全都是南瓜圖案的。

然而，最讓莫忘喜歡的部分是帽子，仔細看就會發現上面居然蹲著一隻小巧可愛的黑貓。她翻過來再一看，呀～衣服的背後還長著一對黑色的小翅膀！

「怎麼樣？喜歡嗎？」

「嗯嗯，超級喜歡的！」莫忘開心的抱住蘇圖圖。=3=

蘇圖圖接受親吻則比她的小夥伴坦然多了，畢竟作為一位「未來的服裝設計師」，最喜悅的莫過於作品為他人所喜歡。

林樓送給莫忘的是圍巾和手套，非常賢慧的她從很早之前就開始準備禮物，一共編織了三套，三個小夥伴人手一份。她自己的是海藍色，蘇圖圖的是淺綠色，而送給莫忘的則是粉紅色。

「好喜歡！」莫忘興奮的抱住林樓。=3=

賽恩的禮物則讓莫忘有點汗顏，這傢伙到底是批發了多少手鍊啊？不過，她得到的這條不是編織品，而是一條紋路精美的銀色鍊子，下面綴著七、八顆小小的淺藍色晶石，看起來比起剛才他送出去的那些似乎要更透？

「小小姐陛下，鍊身是秘銀，而下面那些都是貨真價值的魔晶哦。」賽恩小聲的說。

「……」

「而且都是從一種叫做藍紋鳥的罕見魔獸體內取出的，因為牠們的體型實在太小巧了，所以很難被發現並捕捉。」他更小聲說。

莫忘也超級小聲的問：「很貴重吧？」

賽恩抓著頭髮燦爛的笑：「哈哈哈！還好啦！是我趁哥哥不在從倉庫裡摸出來的。」

莫忘：「……」喂！這根本就是偷吧？

「如果他知道了，一定會讓我送那條每顆魔晶都足足有蘋果大的，不過我覺得您一定不會喜歡。」

莫忘：「……」該說不愧是賽恩的哥哥嗎？思路還真是和一般人不一樣。話說……她手上若真戴著一大串蘋果，是要當流星錘嗎？

她默默接過手鍊，往手上戴，「好像有點大啊……」

賽恩很自然的回答：「當然，這是腳鍊嘛。」

莫忘：「……」喂！這傢伙是故意的吧？絕對是故意的吧？！話又說回來，如果把那條綴著蘋果大小魔晶的腳鍊戴上，怎麼看都是犯人的造型吧？

正想撓牆間，她發現賽恩居然側過了頭湊過來，手指拚命的朝臉頰上點。

莫忘眼角抽了抽，爪子彈出，拍飛！

「陛下。」

「嗯？啊？給我的？」莫忘驚訝的發現，瑪爾德的手中居然也拿著一樣東西。

「是的，給您的回禮。」

「呀～謝謝。」莫忘伸出雙手接了過來，仔細一看，發現居然是一條銀色的項鍊，看質地與賽恩送的很像，「也是秘銀？」

「是的。」

當然，關鍵點在於鍊墜，她驚訝的瞪大眼眸：「四葉草？」居然還真的就是葉片，沒有被封在任何容器中，摸起來柔軟新鮮，而銀鍊則穿過了其中一片葉子將其掛住。

「嗯。」瑪爾德點頭，「很巧合的——魔界和這個世界，都把它當成了幸運的象徵。」

「……是啊，真巧。」

「咦？這個是……」賽恩不知何時再次湊了上來，低頭看著莫忘手中的綠色葉片，「哇啊前輩！你還真是下血本啊！」

莫忘愣住，「這也是很貴重的東西嗎？」

「嗯，是的。」賽恩點點頭，解釋說：「魔界的四葉草和這裡不同，是真的具有魔力的罕見植物，據說只要佩戴它，就可以免除所有疾病和詛咒的困擾哦。而且，陛下您可以用手扯它試試。」

「……」喂，會壞掉吧？畢竟摸起來是那麼柔弱細嫩。

「不用擔心，試試就對了！」

莫忘見瑪爾德沒有反對的意思，便試探性的扯了扯，結果卻出乎她的意料——完全扯不動啊！

「對吧？」賽恩笑著說：「因為具有『守護之力』的緣故，它本身可是很結實的，不然怎麼能長久的貼心佩戴呢？」

「這個太貴重了……」莫忘說著，就將東西遞了回去，「我不能收的。」送出和收回的禮物完全不對等好嗎？

瑪爾德卻沒有伸手，只是用清澈的目光注視著她，輕聲說：「陛下，不送回收到的禮物是基本的禮節。」

「可是……」

「是啊，小小姐陛下。」賽恩一手搭上莫忘的肩頭，應聲說道：「而且呀，這種東西雖然珍貴，但只要打開您的寶庫，應該能找到不少同等值的東西吧？到時候賜給瑪爾德前輩就好了啊！比如夢幻之花什麼的……」

青髮青年的眼神瞬間亮了，「我找了很久都沒找到，原來在那裡嗎？」

賽恩點頭，「聽我哥哥說是。」

瑪爾德目光炯炯的看著莫忘，「陛下，不知我是否有幸近距離觀賞這件珍寶？」盯。

莫忘在他目光的注視下不自覺的點頭，「……我知道了，等下次回去我會找找看的。」

「感謝您的慷慨。」

「……」哈哈，慷他人之慨吧？所謂的寶庫，裡頭似乎裝滿了歷代魔王所積累的寶物，當然，也只有魔王可以將其打開，之前她一直沒有去看過，現在聽他們一說，她倒是生出了不少興趣呢。

「陛下。」瑪爾德再次勾手指。

莫忘：「……」他以為她還會再次上當嗎？默默伸手拍去，「不需要表達感謝了！」

「會不會失禮？」

「……」真再來一下才失禮好嗎！

總之，這邊可以說是其樂融融。

而在遙遠的另一邊，可以說充滿了哀風悲雨。

「來，阿哲，我們一起……哇！你是怎麼了？」小夥伴們看著坐在角落裡、頭上幾乎長出了蘑菇的陰暗少年，全部驚呆了。

石詠哲發出一陣陰暗的笑：「呵呵，沒事。」

「……」喂喂，看起來完全不像沒事的樣子好嗎？

「呵呵，我一點都不在意哦。」被小青梅無視什麼的，沒有禮物什麼的，真的完全不在意哦……

「……」完全沒人問他這個好嗎？而且，幾乎能看到他的靈魂從頭頂冒出且淚流滿面的模樣……真的沒問題嗎？！

★◎★◎★◎★◎

時間稍微向前推一點。

魔界——

鼻梁上架著一副金絲眼鏡的青年坐在桌邊，認真的查看著手中的大部頭書籍。如果仔細看去，就會發現他的桌上堆滿了各式各樣的厚重書冊，各種顏色的便簽紙從其中探出頭來，隱約可見其上的備註。

一縷初生的日光悄悄跳落到書冊上。

青年微愣之下，抬起頭，這才發現窗外的天色不知何時已亮了起來。

——不小心又熬夜了嗎？

他摘下鼻梁上的眼鏡，捏了捏挺拔的鼻子，心中很有點苦笑的衝動。

——這下，哈麗又要嘮叨了吧？

就算是被女孩評價為「格外嘮叨」的男人，也是超級害怕被別人嘮叨的。

門外傳來了腳步聲，這讓青年的心有點緊張，如果再小個十歲，他恐怕會毫不猶豫的鑽入被窩中裝睡，然而這種丟臉的事情，現在的他無疑是做不出來的。

「咚咚咚。」

「……進來。」

「艾斯特少爺，您別和我說自己是剛起來。」女性的聲音中全是不滿的意味。

「……」看吧，他就知道會這樣。

「今天的事情我會記下來，一五一十的向魔王陛下報告。」

「……哈麗。」艾斯特眼神帶著些許懇求的注視著幾乎是看著他長大的女僕長，「這是最後一次。」

「您昨天也和我這麼說。」

「……」

「前天也是。」

「……」

「還有……」

眼看著舊帳幾乎要翻到上一年——從新任魔王陛下加冕登基的那天起，整個魔界的紀年都換成了新的——艾斯特困擾的扶住額頭說：「今天一定不會了。」

「現在已經是今天了。」

「……」

眼看著對方無話可說，哈麗微嘆了口氣，心想：大少爺總是這樣，不管做任何事情都努力過頭。當然，這與老爺和夫人不負責任的丟下家業到處溜達是分不開的。

即便如此，偶爾她也希望他能歇一歇。擁有強大魔力的魔族，生命雖然是很長的，但如果把這麼漫長的時間都用來工作，連她這個普通人都覺得浪費過頭了。

但，現在她似乎找到了勸誡的好方法。

「少爺，如果您再這樣出爾反爾，我就會按照陛下的吩咐，不再將禮物送給您哦。」

「……禮物？」

哈麗心中好笑，看少爺現在的眼睛多亮啊！就像小時候看到剛端上的蜜桃布丁，明明喜歡得要命，卻彆彆扭扭……不，是矜持的坐在原地，等別人端到他面前，又用刻意放遲緩的動作拿起勺子，一點一點的吃，每一口都咀嚼的很慢——以至於最初大家都以為他不喜歡布丁，還有人建議換成其他口味，結果被她以「夫人吩咐過」為由強行阻止了。

「大少爺並不是不喜歡，只是太喜歡了，所以不好意思說。吃得慢？那是因為在仔細品味！」——這種話她自己都覺得有點說不出口。

雖然心中那樣想著，哈麗依舊一臉嚴肅的點了點頭，「是啊，陛下離開時將一件名為『聖人誕生之日』的禮物交給了我，說到了既定的時間就交給您。」

「……」聖人誕生……聖誕禮物？

艾斯特心念微動，這時才想起，之前過來的時候，似乎的確快要到那個日子了呢。說起來也奇怪，明明不是陛下所處國家的節日，但是人人都很期待，為此他曾經詢問過她，結果女孩回答他說——

「是不是這裡的節日都沒關係啦！重要的是大家又找到機會一起狂歡了。哦，商家也又找到機會從我們的口袋裡扒拉錢出去。」

「……」

「啊啊啊！為了買這次的禮物，我今年存的零用錢估計要全部泡湯了！」TAT

她估計是有史以來第一個會為金錢擔心的魔王陛下了。

畢竟以往的陛下至少還有寶庫，而當時的陛下壓根沒有回魔界的想法，所以他自然就沒提這件事。

當然，艾斯特所不知道的是，可憐的魔王陛下除了買禮物的錢之外，還因為親自帶錢包而丟了錢，從此以後她默默的發誓——再也不要和穆學長一起上街了！

（無辜躺槍的穆子瑜：「……」）

「少爺？」哈麗打斷了艾斯特的沉思。

「陛下……特意留給我的？」

「嗯。」哈麗心中更想笑了：少爺您可千萬別在夜裡出去，比星星還要亮的眼睛會嚇到人的！

「陛下說，原本準備給您的禮物丟在那個世界沒有帶來，這個是重新準備的，希望您不要嫌棄。」

「……」怎麼可能會嫌棄呢？這簡直是最不切實際的擔心。

「但是，陛下還說——」哈麗有點「不懷好意」的看了自家少爺一眼，「『如果艾斯特還是像之前那樣不顧及身體，就不用送了』。」

艾斯特覺得哪裡不對勁，問：「之前那樣？」

「嗯，陛下對於您之前的事情非常好奇，稍微向我詢問了一下。」

艾斯特：「……」所以她就全部都說了嗎？

毫無疑問，他被「黑」了，但這種充滿了關懷意味的「小腹黑」，無論如何也不可能讓他生氣，反倒讓他覺得很貼切。無論怎樣，被人所關懷總是一件幸福的事情。

於是，艾斯特妥協的站起身，「好吧，哈麗，我會好好休息的。」

「少爺，如果想補眠的話，至少先用點早餐。」

「我明白了。」

於是，在時隔多年之後，在蜜桃布丁失效很久之後，偉大的女僕長大人終於再次找到了克制自家少爺的有效武器，真是可喜可賀。某種意義上說，這也許就是她得到的聖誕禮物也說不定吧？

接下來的幾天，大少爺果然很「聽話」。

按時吃飯，按時睡覺，按時起床——健康寶寶，從他做起！

已經回到家中的艾米亞都偷偷問自家的女僕長：「要不要去請個醫生回來？」

「？」

「哥哥的腦子是不是出問題了？」

「……」

哈麗很想說：二少爺，也許需要看病的人是你。

當然，作為一個合格的女僕，她怎麼可能對主人口出這樣不恭敬的言論呢？於是……

在她這般這般那般那般的說完緣由後，因為受傷而臉色略蒼白的二少爺嗤笑出聲：「真是幼稚。」隨即出壞主意：「不如乾脆別給他了，反正哥哥肯定厚不下臉皮找妳要。」

哈麗：「……」盯。

艾米亞輕咳了聲後，有些尷尬的別過臉，「我、我就是隨便說說。」

「可是，陛下說——」哈麗淡定的開口，「艾斯特少爺的禮物和二少爺您的禮物是放在一起的。」

「！！！」呆，「啊？」保持了不淡定表情幾秒後，艾米亞再次輕咳出聲，「既然哥哥都那麼乖巧了，還是滿足他的心願比較好吧。」

哈麗：「……」盯。

「咳，我還有事，先走了。」

女僕長默默的目送著自家二少爺。養傷的人，除了吃和睡，他還能有什麼事？

又幾日後，送出禮物的時間終於到了。

按照陛下的說法，女僕長將禮物裝在了這幾天親自織好的紅、白、綠三色大毛襪中，而後將它掛在了會客廳裡早已準備好的「聖人誕生樹」上，這棵小樹是她拜託園丁弄來的，長得和那位大人描述得非常相像，周身纏繞著各式各樣的彩色綢緞，上面懸掛著閃閃發亮的各色水晶以及小糖果，還有一個金色的魔法道具，被她放在了樹木的頂端。

而大襪子，則被她踩著梯子放在了道具的下面。

做完這一切後，哈麗衝雙目閃閃圍觀的小女僕們揮了揮手，但她們似乎有點依依不捨，直到她保證第二天每個人都可以在上面懸掛禮物交換並拿走水晶糖果後，她們才心滿意足的笑嘻嘻跑走——用呵斥雖然同樣能達到目的，但人上了年紀似乎心腸就變軟了。更何況，在那位大人精心準備的禮物下發火也未免太煞風景，笑容與笑聲才是最好的背景與伴奏。

緊接著，哈麗也離開了，將剩餘的時間留給了那對兄弟。

幾乎是幾秒鐘後，艾米亞就走入會客廳，他左右張望了一下，發現自家古板到了一定地步的哥哥果然還沒來後，他得意的勾了勾嘴角——愛哭的孩子有奶喝，狡猾的孩子有糖吃。可惜蠢蛋哥哥哪怕知道，也永遠做不到。

他靈敏的跳到沙發的扶手上，抬起手就將上面包裝精美的禮盒摘了下來。

「biu——啪！」魔法道具的機關被觸發。

「什、什麼？」

一時不察的艾米亞就那麼被噴了滿頭的金粉和彩帶。他有些懊惱的拍掉頭上的東西，又拍了拍衣襬。哈麗應該不會作弄主人，所以這絕對是那個抖S出的主意——秘密「偷渡」的計畫看來是泡湯了。

事到如今，只有把東西拿到再說。

打定主意的他跳坐到沙發上，因為動作太大而捂住肋骨齜牙咧嘴了片刻，緊接著，三兩下就撕開了禮盒外的緞帶和包裝紙，只見裡面裝著的是一個金色的盒子。

因為剛才留下的心理陰影，艾米亞很小心的戳了戳，發現沒再觸發什麼隱藏的機關後，一把將其揭開……

「咦？」

再次揭開。

「咦？？」

繼續努力。

「咦？？？」

「為、什、麼、打、不、開？！」

就在此時，他發現盒子上有什麼流光在閃爍，他微微將盒子抬起，對著頭頂的水晶吊燈看去——魔法陣？

「應該是格瑞斯的手筆。」

「……」他手一鬆，盒子落下。

一隻手自艾米亞的肩頭上方伸出，穩穩接住了他手中的盒子，並沉聲說：「小心砸到腳。」其中的關懷意味不言自明。

「……這種事不需要你管。」

「……」

艾斯特無奈的看了一眼自家弟弟，從回來之後，他們就沒有好好的談過，不是他不想，而是對方存心逃避，對此他也很無奈。孩子大了就難帶了，心思也越來越難猜。

艾斯特輕聲問艾米亞：「胸口還會痛嗎？」

「都說了不用你管吧？」

「……」被「嫌棄」的哥哥嘆了口氣，「艾米亞，別任性。」

「誰任性了！」被「教訓」的弟弟咻的一下就站了起來，「明明只比我大幾歲，少擺出一副家長的臉孔。」

「我的確是。」艾斯特語氣淡然的說道。

「哈？」

「忘了嗎？父親在多年前就把現任家主的位置交給了我，只是沒有公開宣稱而已。」

「……」

事實證明，實話才是最氣人的。

眼看著自家弟弟抿起了嘴唇，有點頭疼的哥哥微嘆了口氣，搖頭道：「艾米亞，我並不想和你吵架。」

不料，他微帶妥協語氣的話反而點燃了炸藥包，艾米亞幾乎是下意識的嗤笑出聲：「那當然，像你這種心胸博大的人，怎麼可能會做吵架這種無理取鬧的事情呢？」

艾斯特輕皺起眉頭，「你知道我不是這個意思。」

「無論你的意思是什麼，都和我無關。」

「……」大哥艾斯特再次嘆氣，多年的相處讓他不難猜到對方的想法，可就是因為明白才無奈，「艾米亞，我們需要談一談。」

小弟艾米亞立刻反駁：「我和你沒什麼好談的。」

「你是在記恨我嗎？」

「哈啊？」

「之前教訓了你，之後又提出以律法審判你。」

事實上，情況並非如此，最初艾斯特只是想「抓捕」自家弟弟，但因為對方不老實的反抗，而他又擔心弄傷人，才耽誤了些時間，誰知道那些人會直接跑上來直接把可憐的艾米亞揍了一頓——當然，他的確罪無可恕，挨打也是應該的。所以出於立場，艾斯特在知道自己不能阻止的情況下，只能蹚入「混戰」的渾水，時不時幫弟弟阻隔一些過於大力的拳腳。

「……」這種事情……哥哥居然是這樣想的嗎？艾米亞緩緩捏緊拳頭，嘴角漸漸勾起一個冷笑，正當他準備說什麼時，卻聽到——

「我知道你不是這樣想的。」艾斯特搖頭，「因為我們是兄弟，我瞭解你，就如同你瞭解我一樣。」

「……你什麼都不知道！」艾米亞別過頭。

「不，我知道的。」

「你只是自以為你知道！」

艾斯特又嘆了口氣，「如果這樣說能讓你覺得好受些，我沒有意見。」

「……」艾米亞咬牙，這傢伙總是這樣，一臉淡定的說著氣人的實話！為什麼他以前還覺得這樣很帥氣啊？其實糟糕透了好嗎！

事實證明，男人生氣起來其實也是會遷怒的。

當然，還有個重要原因，那就是艾斯特以前噎的人不是他。

彷彿沒發現弟弟的糾結，艾斯特依舊表情鎮定的說著：「艾米亞，我很理解你的心情。但是，如果事情重來一遍，我還是會做出同樣的選擇。」

「同樣的選擇？什麼選擇？」眼看著今天某人非要把事情說清楚，艾米亞索性也不再躲避，咄咄逼人的反問了起來：「為了維護陛下與家族榮譽判我死刑，然後以全部的一切換取我的生命，甚至拋棄一直以來那麼努力才好不容易追求到的尊榮，或者乾脆代替我去死？我不需要你我做這種事！」

因為情緒過於激動的緣故，最後一句話，他幾乎是喊出來的。

「我知道你不需要，但我還是會去做。」

「為什麼？！」

「因為你是我弟弟。」艾斯特的聲音輕緩而篤定。

「……就因為是你的弟弟，所以無論對你做出什麼都是可以被原諒的嗎？」艾米亞深吸了一口氣。

「是。」

「哪怕曾經想讓你死也是這樣？」

「我很清楚，你從未這樣想過。」

「可是你知不知道——」雙目上蒙著白色眼帶的艾米亞突然伸出手，狠狠的朝自家哥哥的臉上砸了一拳，「我最討厭的就是你這點！」

對方的動作雖然突然，但還是學生時實戰課就萬年第一的艾斯特幾乎在最初就捕捉到了動作的痕跡，卻沒有閃躲，反而硬生生承接了這一拳。幾乎是同時，他的嘴角瘀青了，就勢摔倒在會客廳的地毯上。

艾米亞蹲下身，一把拎起那人的衣領，咬牙說：「就像現在，你明明可以躲開，卻心甘情願被我打。」一邊說著，他一邊乾脆的扯去臉上的眼帶，露出了一直隱藏在人前的雙眸，其中一隻與艾斯特的眼睛一樣，是漂亮的冰藍色，而另一隻，瞳仁赫然是深黑色，眼白的部分卻流轉著紅色的光芒，看起來甚是駭人。

他怒吼出聲：「你是在同情我嗎？」

「不是。」

「你撒謊！」

「沒有。」

「從小到大，你總是那麼溫柔的對待我，包容我的全部過失。只要是我喜歡的，總會拚命幫我拿到，哪怕本來是你喜歡的，也會毫不猶豫的讓給我。就像我發現你喜歡蜜桃布丁，所以故意說自己也喜歡，你就每天都把自己的那份給我，到最後乾脆戒掉了吃布丁的愛好！總是溫柔的對待我，好像無論我做什麼都可以，你以為這樣就是愛了嗎？！」

艾斯特愣住，「那不是嗎？」

「……」

「對不起，艾米亞。」艾斯特清澈的眼眸不再冰冷，其中流轉著溫暖而愧疚的情感，「我只有你一個兄弟，從小也很少和其餘親戚家的兄弟相處，我不知道怎樣才是對待你的正確方式。如果這些行為讓你覺得痛苦，我願意道歉。」

「……看！哪怕我無理取鬧，你依舊是這樣。看起來像在說『你做什麼都是對的』，其實是『你做什麼都是錯的，只是我在包容你』！」

艾斯特有點困擾的側頭，「艾米亞，你之所以會這麼想，難道不是因為——你認為自己所做的行為並不是正確的嗎？」

「……」

「而且，我從未想過要同情你，因為你並不需要，不是嗎？」艾斯特單手撐在身後，緩緩坐起身，「你的確因為血緣的緣故無法繼承家主之位，但這並不意味著你是弱者，我也知道你從來不在意這些。」

雖然艾米亞的眼睛對外公布的是「瞎了」，但事實並非如此。如果莫忘在這裡，就會驚訝的發現，艾米亞眼睛的色澤與之前夢魔石事件時艾斯特拿出的那柄劍驚人的相似，這是一種特殊的魔法屬性，來自於母親的遺傳。

克羅斯戴爾家族的代表性魔法是冰系，而按照家規——正常情況下，每一代的孩子中，冰系力量最為強大的人才可以繼承家主之位。

魔法是有壓倒性的，比如一對同樣擁有魔力的男女結婚，如果男方的魔力明顯強於女方，那麼生出來的孩子屬性一般會遺傳自父親，反之亦然。

而上一代的克羅斯戴爾家卻出了個意外，家主的妻子，也就是兩兄弟的母親是位不遜於他們父親的強大魔法師，而她的魔法屬性也很罕見——暗。通常為了保持血統的純潔性，家族的領頭人不會與這種屬性神秘的人結婚，但正所謂「愛情來了，誰也擋不住」——看他們一天到晚遊手好閒四處溜達，全靠兒子辛辛苦苦維持家業供養他們，就知道這對夫妻有多恩愛以及志趣相投了。

簡而言之，「艾兄弟」的父母就那樣因為愛情而結合了。

但他們的運氣不錯，所生下來的第一個孩子艾斯特，就完美符合了繼承家主的條件——強大、沉穩、好學、謙遜……夫妻倆幾乎把所有的美德堆到了他身上，就等著他長大然後「逃跑」了。

當然，艾斯特也繼承了母親的部分魔法屬性，所以才能驅使那把黑暗屬性的劍，只是他很少使用，因為殺戮性太強、負面感情太強烈，不符合他的性格。他家老媽也沒覺得有多遺憾，兒子嘛，能做事、會賺錢就行了，其他無所謂啊！

在這種情況下，對於第二個孩子他們就沒那麼緊張了，哪怕生出顆蛋，丟給大兒子孵化就是了。

也許是因為感受到了這種極其不負責任的心理，艾米亞從一出生起，就展現出了強大的黑暗屬性，甚至於他的母親一般，身體都被其所侵蝕——唯一不同的是，母親的眼眸是雙黑，而他則只有一隻眼睛是這樣，另一隻則遺傳了這個家族的冰藍色。

從某種意義上來說，這樣的眼眸是他強大的證明；但對於不明真相的孩子來說，異色眼眸無疑非常可怕。

在向來溫和優雅的艾斯特哥哥為他連續打了一個月的架，並且外表看起來越來越冷凝之後，艾米亞毫不猶豫的把眼睛蒙了起來。他並不自卑，也不在意他人的說法，他只是不想再看到哥哥總是一身灰的回家——他當然很強大，但以一敵眾總難免弄得渾身狼狽或者掛彩。

在那之後，哥哥就更加疼愛他了。

小時候他覺得這樣很好；年歲漸長，他也沒覺得這樣有什麼不妥。

哥哥天生就是領導者，理所應當站在他的前面，而他蒙上雙眼看不到前路也沒關係，跟著哥哥就好了。直到……他們的道路出現了分歧。

哥哥想要放棄驕傲、跪在別人的身前，而艾米亞則無法容忍他承受那樣的屈辱。但在「固執」這件事情上，他永遠不是哥哥的對手。而且，看到哥哥那麼努力奪得「第一守護者」的稱號後露出的笑容，他又想，如果這件事真的能讓哥哥覺得開心的話，稍微妥協一下也沒什麼，反正……魔王這種東西說到底已經那麼多年沒出現過了，被一個「虛名」占據了哥哥心中的位置雖然不爽，但那畢竟是無可奈何的事情。

誰知道，哥哥居然就這樣離家出走，而且一走就是三年！

雖然現在知道這其實是個小誤會，但當時的他不可能清楚事實啊！哥哥離家出走？簡直是不可能發生的事情好嗎？

最初，艾米亞檢討自己，是不是自己的態度太差勁，以至於讓從未對他生氣的哥哥發怒了；緊接著，他也發怒了，都已經是大人了怎麼可以那樣任性，趕緊回來他可以考慮早點原諒那混蛋；然後……最後……

說到底，是他的心靈出現了縫隙，才會讓他人有機可乘。

然而，即便如此……

「既然你很清楚我不是弱者，那麼……」

艾斯特深深的看著他，說：「你依舊是我的弟弟。親人之間互相保護和包容，難道不是理所應當的事情嗎？」

「……」

「對於之前的不告而別，我很抱歉。」艾斯特誠懇的道歉，「我沒想到陛下會在另一個世界，更沒想到兩個世界的流速是不同的。我原本打算等你徹底恢復冷靜，再和你好好談一談。」

艾米亞頹然的鬆開手，也坐在了地毯上，「……現在說這些，遲過頭了吧？」

「說的也是。」艾斯特點了點頭，隨即又說：「但是，艾米亞，我並非從未對你生氣過，只是以前我告誡自己要忍耐、要寬容，但直到今天才發現——」他突然伸出手，也狠狠的給了對方一拳頭，「也許直接揍你才是比較正確的方式。」

「……」

第二章

魔王陛下的朋友很多

男性的友情和女性的友情有時差別很大。

女性之間相互抱一抱、親一親，那必須是感情深厚的標誌；而男性如果那麼做……八成會絕交，還有兩成是雙雙變成同志，手牽手打開新世界的大門。

男性之間互相揍一揍、毆一毆，下次見面則依舊能勾肩搭背；而女性如果那麼做……八成會絕交，還有一成是因為一方是抖M，最後一成……那必須是真愛啊！百折不撓的真愛！

所以說，「艾兄弟」都是男性真是太好了。

這場沒有用魔力、完全用拳腳進行的互毆，不知多久之後才畫上句點。勝者當然是艾斯特，相比於擅長遠距離魔法的弟弟，近戰強大的他怎麼也不可能輸啊！但即便如此，他也挨了不少拳腳，因為某人刻意的瞄準，他英俊的臉孔上滿是青紫的瘀傷。

而艾米亞雖然還勉強保持了「外貌」，身上卻痛得讓他淚流滿面，本來就尚未痊癒的肋骨似乎又快斷了，生疼生疼的，他終於忍不住的哼哼出聲：「你真的是我親哥嗎？」下手可真夠狠的。

艾斯特坐起身，伸出手揉了揉痠疼的肩頭，「如假包換。」

「……」艾米亞抖，「好冷的笑話。」找誰換去？那對不負責任的混蛋爸媽嗎？人都找不到了好嗎？！

「我怕下手輕了，你以為我小看你。」

「……」他善良正直的哥哥呢？到哪裡去了？所以說，那個世界到底是什麼地方啊，把他家哥哥純潔的心情染成了這種烏漆抹黑的樣子！

「艾米亞。」

「什麼？」

「想過養好傷之後要做什麼嗎？」

「……還沒有。」艾米亞別過頭。

「是嗎？」

「你有什麼提議嗎？」

艾米亞記得那個更加抖S的女孩——該說她和哥哥不愧是主僕嗎？話說哥哥根本就是被她帶壞的吧！——離開前說的話，讓他用行為贖罪。

「唔，去陛下那裡如何？」

艾米亞愣住，隨即輕哼：「……你在和我開玩笑嗎？」

「當然不是。」艾斯特認真的回答，「只是你留在這裡似乎也派不上什麼用場。」

派不上用場……

派不上……

不上……

艾米亞淚流滿面，瞬間委屈的他咬牙說：「你是在小看我嗎？！」

「家族的事務是我在管理，陛下的公務目前由我們四位守護者輪流代勞，其餘事務都還是讓從前的人代理，沒有什麼大的變動。國境附近也都很安定，沒有發生衝突或者小規模的戰爭。而如果讓你看守城門或者打掃王城的大街，想必你會連城池帶人一起炸掉吧？」

艾米亞：「……」

「那麼，去陛下那裡吧，看一看她成長的那個世界。」艾斯特回憶間，嘴角不禁勾起一抹淺笑，「那是一個非常奇妙的地方……說起來很奇怪，我第一次到達那個世界時，居然有一種『這裡才是我真正故鄉』的感覺。艾米亞，去看一看吧。」

「就算你這麼說……」

「陛下不會反對的。」彷彿看出了自家弟弟在憂慮著什麼，他輕聲說：「雖然可能口頭上有些抱怨，但一定會很妥善的安置你，就像最初對待我那樣。」

「……」

「而且，有哪份職責，會比守護魔王陛下更重要呢？」

「……我考慮看看吧。」艾米亞最終如此說道。

艾斯特點了點頭。

他不覺得對方會反對，因為他們是兄弟。

而另一方面，他對自家弟弟的武力還是很有信心的，有艾米亞在，想必可以更好的保護陛下，畢竟……瑪爾德那傢伙表面上看來完全不能動手。

再來，那股還未被揪出尾巴的勢力，今後想必還會蠢蠢欲動，曾經被他們誘惑過的艾米亞不知道會不會被再次利用。身為哥哥，他不可能再讓弟弟面臨這種威脅，與陰暗沼澤中的食屍惡獸為伍從來不會得到什麼好下場——最好的辦法莫過於讓艾米亞暫時離開這個世界，而他則抓緊時間解決這一切。

「說起來……」艾米亞拿起地上的盒子，「這裡面裝的到底是什麼？」

「我也不清楚。」艾斯特稍微靠過去，和自家弟弟肩並肩坐好。

艾米亞稍微把盒子朝自家哥哥的方向挪了挪，讓盒子平均架在兩人的膝頭上。他輕聲嘟囔：「神神秘秘的……」

「正因如此，禮物才更顯得可貴吧？」

拆封之前心中鼓動的忐忑、喜悅與憧憬，不管試多少次，都讓人覺得意猶未盡。

艾米亞仔細看了一眼，「這個魔法陣……」

艾斯特也得出了結論：「需要特定條件才能夠解除，而解決的辦法用魔紋寫在了法陣之中，是……」

「我們的掌印？」

「看樣子的確如此。」

艾斯特一邊說著，一邊伸出了右手，與此同時，與他貼肩靠坐著的艾米亞伸出了左手。

當這兩隻相似又不同的手掌準確的貼在魔法陣中心時，盒子驀然綻放出一陣漂亮的粉紅色光芒，細小的金屑自其上爆開，飛舞了片刻後落在兩人的頭上、肩頭和衣襬。

艾米亞伸出手揮舞：「這種東西真是討厭。」

艾斯特則微微一笑，揭開了盒子，裡面赫然裝著一本厚厚的冊子，他將其從中拿出。

「怎麼只有一個？」手慢一步的弟弟君糾結啊！他這又是被欺負了嗎！

「正在抱怨的笨蛋，才不是只有一個呢！」

「……」艾米亞吐血，「你被什麼奇怪的鬼魂附體了？」能想像嗎？他嚴肅無比的哥哥突然面無表情的說出這種滿是嬌嗔色彩的語句，反差太大了，已經不是反差萌，直接變成了反差雷好嗎！

艾斯特沉默片刻後，回答說：「……是盒蓋反面寫的話。」

「嗯？」

艾米亞偏頭一看，發現被翻開的書冊中，居然又並排放著兩本書冊，銀色封面的書冊上用黑色的字體寫著「贈給艾米亞」，黑色封面上則用銀色的字體寫著「贈給艾斯特」。

「……這是什麼？」

艾斯特想了想，將那本銀色的書冊拿出來，轉頭遞到自家弟弟的面前，「你的。」

長髮青年一把將其拿過，隨手翻了開來，心中暗想：那個傢伙在搞什麼鬼？

而後就看到了這樣的語句——

【現在打開這本書冊的人，是艾米亞沒錯吧？如果是的話，請用旁邊的羽毛筆在「是」下面打個勾哦。不是的話，就在「否」下面打個勾。】

艾米亞看了一眼，書冊的縫隙間果然夾著一枝小巧的羽毛筆，稍微檢查了一下，他發現這是魔法筆，完全不用擔心墨水滲漏或是不夠的問題。與此同時，兩個選項在潔白的紙張上浮現了出來。

【是。】

【否。】

艾米亞勾了勾嘴角，下意識就想在「否」上打勾。

【友情警告：亂打勾可能會引發嚴重後果，比如本子突然爆炸什麼的，請謹慎選擇。】

艾米亞：「……」

他默默的勾了「是」。

【好，現在寫下一句話來評論艾斯特。】

拿起筆，他毫不猶豫寫下自己的評論——固執到死的蠢蛋！

【確定評論艾斯特是「固執到死的蠢蛋！」嗎？】

【是。】

【否。】

選擇還用說嗎？

是！

【下面，請用一句話來評論偉大的魔王陛下。】

艾米亞毫不客氣的寫——外白內黑的抖S狂魔！

【確定評論魔王陛下是「外白內黑的抖S狂魔！」嗎？】

是！

【好，現在讓我們來看看其他人對你的評價。】

艾米亞：「……」

【艾斯特：撒嬌方式變得含蓄了的笨蛋弟弟。】

【魔王陛下：從內到外都是黑的抖M中二！】

艾米亞：「……」

【似乎被罵了的魔王陛下：哦，忘記告訴你了，這本筆記本是格瑞斯新發明出的「移動聯通筆記本」，上面銘刻了幾百個微型魔法陣，效果類似於發簡訊，就是說——即時將你寫下的語句發送給其他擁有筆記本的人。】

【心情不太好的魔王陛下：你明白的。】

艾米亞：「……」他默默抬頭，看向身邊的青年。

果不其然，對方已經微皺起眉頭，如此說道：「艾米亞，下次不可以對陛下那麼不敬。」

「……」

【魔王陛下：怎麼樣？喜歡這個禮物嗎？】

【艾米亞：……】

【艾斯特：是的，陛下，我非常喜歡。】

【魔王陛下：啊，真可惜，我聽不到你們的回答。因為材料較為貴重的緣故，格瑞斯目前只做出兩本，分別在你們的手上。你們現在看到的，是我事先寫好的話語。】

【魔王陛下：一些話如果無法用語言交流的話，用手寫也是一樣。】

【魔王陛下：希望格瑞斯能儘快做出更多本子，這樣即便相隔著時空，我也能與你們自由交流呢。雖然我的語句可能會受到法則的影響，在你們看來寫得格外慢。】

【魔王陛下：最後，祝你們兄弟倆溝↑通愉快哦。】

艾米亞：「……」喂！那個一看就很可疑的符號是怎麼回事？

他正準備側頭尋求支持，就見到自家哥哥居然很一本正經的在上面寫道——

【艾斯特：陛下，感謝您的體貼與慷慨，我會好好使用它的。】

【艾米亞：她壓根看不到好嗎？！別浪費時間做這種無謂的事情啊笨蛋哥哥！】

【艾斯特：你是在撒嬌嗎？】

【艾米亞：……明顯不是好嗎？！】

明明肩並著肩，兄弟倆卻格外有精神的分別在書冊上寫著奇奇怪怪的語句。

如果莫忘在這裡，八成會豎起一根大拇指，開心的笑著說：「不管怎樣，禮物你們能喜歡，真是太好了！」

★◎★◎★◎★◎

在KTV包廂中拚命搖著手鈴的女孩若有所感，微微勾起嘴角，突然覺得心情挺好的。

而幾乎是同時，她發覺口袋中的手機震了震——從一開始唱歌，莫忘就把手機調成了振動模式，畢竟包廂裡真的是太吵了。

拿出手機後，她發現自己收到了一封簡訊——

【有時間出來嗎？我就在門口。】

是穆子瑜發來的。

——哎哎？

莫忘驚訝了，連忙放下手鈴，再摘下頭上的耳朵塞入口袋，站起身準備朝門口走去。

而這動作立即被坐在她身邊的青年所感知了，因為所處的環境特殊，所以他用正常的聲音問：「陛下，您要去哪裡？」

「啊？嗯，出去見個人。」

瑪爾德立刻也站起了身。

「咦？你也要出去嗎？」

「這裡的聲音實在是……」

「啊……」莫忘後知後覺的意識到了什麼，赧然的撓了撓臉頰，「對哦，魔界似乎沒有

ＫＴＶ，應該也不會存在這麼吵鬧的環境吧？」瑪爾德一直很不舒服吧？虧他居然能忍受這麼久。這麼說，賽恩……

她下意識扭頭追尋另一位少年的方向，結果滿頭黑線的發現——那傢伙居然和其他幾個男同學勾肩搭背的準備唱下一首。

好吧，看來這種不適的狀況也是因人而異的。

很快，兩人走了出去。

瑪爾德帶上門口，輕聲說：「真是不可思議。」

「嗯？什麼？」

「裡面和外面，簡直就像兩個世界。」

「哈哈，因為這裡包廂的隔音效果都很好啊！」莫忘稍微比劃了下，「否則真的會造成噪音汙染的。」

能想像嗎？幾十甚至上百個房間中的聲音匯聚在一起，這聲波估計真的能殺人。

「對了，瑪爾德，我記得這一層的陽臺上有個小型花圃，你要不要去那裡看看？」

「可以嗎？」提起植物，被聲音吵得到有些萎靡的青年明顯來了精神。

「當然，只要是客人都可以啊。」莫忘說著走到了前面，「來，我帶你去。」

將新來的守護者安置好後，莫忘急急忙忙的跑下了臺階，雖然有電梯，但二樓到一樓明顯是跑步更快啊。一邊跑，她心中還暗自感慨：瑪爾德其實真是個好照顧的傢伙啊，隨便給他個花瓶估計都能讓他玩一下午。

到門口時，少年的身影果然已經出現在了那裡。

莫忘一路小跑到對方身邊，雙手合十說：「對不起，學長，讓你久等了！」

「不，我並沒有等妳多久，而且說到底是我打擾妳在先。」雙手插在衣袋中的穆子瑜微笑著開口說道。

「沒有啦，我也沒什麼事，就是聽別人唱歌而已。」

「是嗎？」

「嗯。對了，穆學長，你找我有什麼事嗎？」

穆子瑜歪了歪頭，輕聲反問：「沒有事不能來找妳嗎？」

「呃……也不是啦，只是……」為啥學長每次都能一本正經的問出這種其實挺無聊的問題呢？

看出女孩尷尬的少年見好就收，終於道出了此行的目的：「學妹，謝謝妳的禮物。」

「哎？已經收到了嗎？」

想到這裡，莫忘不得不由衷的感謝校長大人，之前他設計建造的感謝傳遞郵箱，在節日的時候，居然變成了禮物傳遞中心，而她也非常明智的將學長的禮物投入了其中，只是沒想到他會那麼快就收到呢。

「嗯。」

「不過，學長，找到我的禮物不容易吧？」莫忘壞笑。

「……」錯覺嗎？幾天不見的學妹似乎擅自開起了「小惡魔」模式呢。穆子瑜勾了勾嘴角，柔聲說：「學妹的禮物，即使被藏在成堆的禮物山中，我也可以立刻把它找到。」

莫忘滿頭黑線的說：「學長，你這是在自誇自己受歡迎嗎？」還真是自戀！不過，好羨慕啊，成堆的禮物山！

「只是開個玩笑。」他一邊說著，一邊從口袋中拿出了一個包裝精美的禮盒，遞到莫忘的面前，「聖誕快樂。」

「哎？給我的？謝謝學長！」大概是因為已經提前送出了禮物的緣故，莫忘沒怎麼糾結的就將禮盒接了過來，左右摩挲著，發現包裝紙還真是漂亮，都捨不得拆了有沒有——女孩子總是喜歡這種在他人看來無關緊要的細節。

穆子瑜等了好一會兒，也沒看對方將禮盒拆開，不得不輕咳著提醒：「不看一看嗎？」

「可以嗎？」

「當然，它已經是妳的了。」

「那我就不客氣了啊！」

莫忘小心翼翼的扯開上面的結，又稍微研究了一下是怎麼打的後，決心將它與包裝紙一起收藏——從某種意義上說，她還真是用行為表現了「買櫝還珠」的真諦。而等她打開盒子後，只覺得整個人都驚呆了。

「這個……」

「喜歡嗎？」

「哈哈……哈哈……」

莫忘有種淚流滿面的衝動，原因無他，裡面裝著的赫然是一件熟悉的東西——一架約有巴掌大小的木質飛機，完全手工拼接而成。

莫忘也弄不懂這是個什麼機型，但是那次和學長上街時，她的目光的的確確在其上流轉了很多次，飛機看來雖然小小的，不過看了介紹才知道拼接零件居然有上百塊之多！她對此其實沒一點興趣，但這完全符合阿哲那個蠢蛋的喜好。

然而，當時因為有穆學長在場的緣故，她就沒下手買，因為……他們不是有仇嗎？事後抽空再去看時，它已經被出售了，而且也沒有存貨。

莫忘當時覺得失望極了，卻沒想到它居然會被穆學長買下來，當成聖誕禮物送給她，這個還真是……陰差陽錯到了讓人哭笑不得的地步啊！

「怎麼了？」穆子瑜敏銳的察覺到女孩的臉色有些不妥。

「不，沒什麼。」

「是不喜歡嗎？」

「不！」莫忘連忙搖頭，「我很喜歡的。」不、不管怎樣，雖然搞出了這種烏龍，但這至少說明學長有非常認真的選擇禮物啊，按讚！必須按讚！

「是嗎……」穆子瑜還是覺得有哪裡不太對，卻也沒堅持追根究柢，只笑著說：「也謝謝妳送我的手杖。」

「哈哈……」那是她從魔界帶回家的「旅行」紀念品之一，「雖然沒什麼實用的價值，但看到它的時候就覺得和學長你超契合呢。」

「哦？」穆子瑜挑眉，「怎樣的契合？」

「大概就是……」莫忘稍微想像了一下，「學長你戴著高高的白色禮帽，穿著同色系的禮服，拄著手杖從四輪馬車裡走出來的契合感？」

「……還真是難以重現的一幕呢。」穆子瑜評價道。

「我只是說說而已啦！」

穆子瑜又問：「如果我穿成那樣，妳會想穿著怎樣的衣服呢？」

「我嗎？」莫忘愣了愣，隨即毫不猶豫的說道：「大概是車夫的服裝吧，然後打開車門行禮說——少爺，到了。」

「……」穆子瑜對她非常發散性的思維有點無語，「為什麼是車夫？」

「大概是因為女僕裝我已經穿膩了吧……」

「穿膩了？」穆子瑜敏銳的捕捉到了她話語中的關鍵部分——女僕裝？什麼時候？穿給誰看？

「……啊哈哈哈！」這時才發現自己失言的莫忘撓頭乾笑，顧左右而言他，「咳嗯……學長，你要不要一起去唱歌？」總不能說她跑到異世界去當了兩個月的女僕吧？正常人會信才怪！

「好啊。」

「既然你……啥？」

莫忘瞪大眼眸，她做夢也沒想到眼前的傢伙居然會答應她的提議！穆學長在起鬨聲中拿麥克風唱歌什麼的……想像不出來啊喂！

「怎麼？不會是反悔了吧？」

相貌俊秀的穆子瑜微微側頭，已然亮起的潔白路燈照耀在他格外精緻側臉上的同時，也在其睫毛之下投下了一層淡淡的陰影。這樣的光影效果中，他眼眸的色澤似乎更加深了。

——是啊！絕對是啊！

雖然超級想這麼說，但莫忘總覺得自己好像正被威脅，無論如何都不敢說出那句話，於是只好輕咳了聲：「怎、怎麼會？我帶你進去啊！」而後又說：「事先說好，無論有怎樣的後果都絕對不許怪我哦！」

「……包廂裡全部都是人類嗎？」

「……我想，原本都是。」high了之後就說不定了，所以——穆學長，你真的做好被蹂躪的準備了嗎？

「……」

雖然心中湧起了些許不好的預感，但穆子瑜顯然沒有退縮的打算，一群少年少女，再凶殘又能對他做出什麼事呢？

他懷著這樣的自信，跟在女孩的身後走入了包廂之中。

★◎★◎★◎★◎

兩人進去時，全班同學恰好合唱完一首激昂的曲子，聲嘶力竭的同學們吐著舌頭喘著粗氣紛紛趴倒在沙發上，補水的補水、進食的進食、養喉的養喉，準備展開新一輪的奮鬥。

於是，穆子瑜成功的得到了萬眾矚目。

一個人與一群人默默的對視了片刻後，包廂中突然傳出了震耳欲聾的尖叫聲。

「哦！！！」

「莫忘幹得好！！！」

「學長！！！來一首！！！」

穆子瑜：「……」他是到了狼窩裡嗎？

事實正如莫忘所說，其他人都玩 high 了，所以不小心就把矜持什麼的丟到了一旁。女生們想著怎樣都要聽學長唱首歌，而男生們則摩拳擦掌決定讓這傢伙……嘿嘿嘿嘿……

「學妹。」穆子瑜側頭看著莫忘。

「嗯？」

「我現在離開還來得及嗎？」

「……哈哈哈。」莫忘一邊同情的笑著，一邊從口袋中拿出某物品放到他的手上，「送你的，別客氣。」

穆子瑜低頭一看，掌心上赫然放著一對兔耳。

他還沒來得及反應，就被人拖走了。無奈回頭求救間，發現女孩正在胸前畫了個標準的十字架，嘴唇微動——

「阿門！」

穆子瑜：「……」小惡魔模式還沒關上嗎？！

眼看著向來鎮定自若的穆學長在群人中「滾來滾去」，莫忘居然非常不厚道的湧起了一絲幸災樂禍的想法，她連忙努力壓平嘴角：咳咳，低調、低調！學長自己選要來的，和我沒啥關係……大概。

「喂。」

肩頭突然被拍了一下。

莫忘不用側頭就知道是誰，「什麼？」

「那傢伙怎麼來了？」

「來送我禮物的啊。」

「哈？」一聽到禮物，某人感覺心又被捅了一刀——妹紙，我的禮物呢？禮物呢？禮物呢？！好不容易才淡定下來，馬上又傷悲了……TAT

不，重點不應該在這裡！他又問：「他沒事送妳什麼禮物啊？」無事獻殷勤，非奸即盜！

「你想太多了，是回禮啦！」依舊是不用猜就知道某人在想什麼。

石詠哲：「……」更加想哭了好嗎？！為什麼穆子瑜那個混蛋都能有禮物？為什麼偏偏就是他沒有？這不公平！撓牆，「妳送他什麼？」如果只是一枝原子筆的話他還勉強可以……哪怕只是原子筆他也想要啊！QAQ

「嗯？哦，從魔界帶回來的紀念品，一根很精緻的手杖。」

「……」特別紀念品！為什麼就是沒有他的那一份？！

「他送妳什麼？」

「是——」終於覺得有點不太對勁的莫忘扭過頭，瞇眼看向自家小竹馬，「我為什麼要告訴你？」

「……」石詠哲簡直悲憤到了極點，氣哼哼的扭頭，「不說算了！」

莫忘：「……」這傢伙明明在生氣，為啥看起來這麼可憐啊？於是她嘗試順毛摸，「好吧，告訴你，不過你不能告訴別人哦，更不許去欺負學長！」

石詠哲那叫一個七竅生煙啊……被欺負的人怎麼看都是他好嗎？他就算是想去欺負人，她也得給他這個機會吧？！

「咳，我跟你說……」扯住耳朵，湊近。

如此如此……這般這般……

「……噗！」石詠哲捂嘴。穆子瑜那個小白臉居然……

「噓！」莫忘做了個噤聲的手勢，心中突然很擔憂，這傢伙不會特地跑去欺負學長吧？

「這麼說……妳其實有買禮物給我？」石詠哲的關注點明顯和女孩所想的不同。

莫忘用一種奇怪的眼神看著對方，而後怒道：「我哪一年沒有送禮物給你啊？！」居然這樣懷疑她？混蛋！

「咳，我不是那個意思。」石詠哲乾咳。

「那你是什麼意思？」莫忘瞪他。

「我……」

「說！」

「妳剛才怎麼沒給我？」

「那你不也沒給我嗎？！」

石詠哲：「……」

他突然想起老爸的話——永遠不要嘗試和女人吵架，因為她們的重點一般不在「誰更有道理」上，而在於比誰嗓門更大。

莫忘直接揪住小竹馬的耳朵，「說！」

「……太大了，沒法帶。」

「……噗！」莫忘一聽這話就樂了。

「我是說真的！」石詠哲糾結啊，總不能讓他揹著一個大盒子到處晃吧？

莫忘卻搖了搖頭，笑得更開心了，「我沒懷疑你，我笑的是……一樣的。」

「嗯？」

「我送你的東西也太大了，完全沒法帶！」

「是、是這樣嗎？」

「廢話！」莫忘瞪某人，「為了買它，我存了一年的錢花了一大半！你要是敢不喜歡，我就半夜把你塞進垃圾桶裡去！」

石詠哲：「……」錯、錯覺嗎？他家小青梅似乎凶殘了不少啊！不過那種事情是絕對不可能發生的啦，她哪怕送一桶卷紙給自己，他也會好好保存的——只要不被混蛋老爹偷用！

就在此時，莫忘口袋中的手機再次震動了起來——

【有時間出來嗎？我就在門口。】

發簡訊的是陸明睿。

莫忘：「……」他和穆學長是商量好的嗎？！該說不愧是好基……咳，好朋友嗎？發出的簡訊都是完全相同的，連個標點符號的差別都沒有！

又一封簡訊飛來。

【別想太多，剛才那條是抄襲子瑜的。】

莫忘：「……」這傢伙是在玩她嗎？真是惡劣。

再一封簡訊飛來。

【不過我是真的在門口。】

莫忘：「……」只是發個普通的簡訊而已，這傢伙玩什麼一波三折啊？

她嘆了口氣，再次朝門口的方向走去，卻立刻被人叫住了——

「喂，去哪裡？」

莫忘回頭看著石詠哲說：「外面有人找我。」

石詠哲的心一個緊張，「……誰？」

「陸學長。」

「我和妳一起……」

「不用了，就算真打起來，他也不是我對手。」莫忘捏拳頭，「我現在可以用雙手把一個垃圾桶捏扁！」

「……」所以說，為什麼老是垃圾桶？以及……為什麼他軟軟萌萌好捏好欺負的小青梅會變成這種女大力士？雖、雖然依舊挺可愛沒錯，但有時候他也會覺得壓力很大。

★◎★◎★◎★◎

莫忘輕車熟路的再次走到門口時，無語的發現陸明睿正站在之前穆學長站過的地方，連姿勢也是一模一樣——雙手插入衣袋中。

但是，人和人到底是不同的。

還沒等她走近，對方已經舉起了一隻手大力揮動，「學妹，好久不見。」

「陸學長……」

「想我沒？」

「……」這傢伙還真不把自己當生人。

「學長你是來找穆學長的嗎？」

「哈哈哈哈哈，怎麼會？」陸明睿笑得有點狡猾，「他現在一定和妳的小夥伴們玩得正開心，我怎麼好意思打擾。」

莫忘：「……」這人不會一直在偷窺吧？

「那種猥瑣的事情我是不會做的哦。」陸明睿晃了晃手指，笑咪咪的說：「頂多只是悄悄的尾隨。」

「那也沒好多少吧？！」莫忘終於忍不住吐槽。

「當然不同——前者是變態，而後者是對友人的關心。」

莫忘嘴角抽搐，「如果有人這麼關心我，我也一定會找人好好的關心他的。」

陸明睿歪頭問：「誰？」

「護、士、姐、姐！」

「……咳，學妹，一段時間不見，妳的吐槽技能似乎犀利了不少啊！」

莫忘：「……」怎麼人人都這麼說？果然鬥爭出進步啊，要多多感謝艾米亞那傢伙對她的大力「磨練」才可以。

「啊，差點就跑飛了話題。」陸明睿重又恢復了笑嘻嘻的表情，語氣跳脫的說：「謝謝妳的禮物哦，收到的時候我狠狠驚喜了一把呢。」說著，他扯了扯自己腦後的小辮子。

原本的紅色橡皮筋，赫然換成了女孩送的綴了不少超小粒茶色水晶的髮帶——這和女孩送給穆子瑜的禮物一樣，都是一看到就覺得很適合對方的東西。

「那就好。」莫忘露出鬆了口氣的表情，「其實剛送出去我就後悔了。」

「哦？」陸明睿似乎對這個話題很有興趣，笑著問：「為什麼？」

「擔心學長你雖然用橡皮筋，卻不會用髮帶啊。」

陸明睿居然點頭，「唔，的確是不太會，我就著前後兩面鏡子綁了很久。」

「……」那還真是對不起啊！

「所以，這是回禮。」陸明睿將東西遞上。

莫忘這才發現，他的胳肢窩裡居然夾著一個盒子，因為衣服寬大的緣故，她剛才居然沒發覺。與此同時，她又很無語，邏輯關係呢？他話語中的邏輯關係死了好嗎？

「不要嗎？」陸明睿晃了晃手中捏著的小木盒，「不要的話我會傷心的，會流出悲傷的眼淚。」

「……要。」莫忘將小木盒接過，直接問：「可以現在打開嗎？」

「當然。」

與他的好朋友所送的禮物不同，陸明睿壓根就沒包裝，但雕刻精美的木盒本身就是非常好的裝飾品了。莫忘小心的摸了幾下木盒子上印刻著的圖案後，手指微動，輕而易舉的將盒蓋掀了開來。

陸明睿眉頭微動，心想：連我自己都很難將木盒打開，她居然就那麼輕鬆的……學妹的力氣果然很大呢。

「這個是……」莫忘拿起其中那約十五公分長的東西，有些訝異的抬頭問：「匕首？」

「嗯。」

「……」

莫忘學著對方之前的樣子，將木盒用胳肢窩夾住，而後輕輕拔掉手中利器的外鞘，破暗而出的森寒光芒讓她下意識的瞇了瞇眼睛。稍微把弄了一下，她小心翼翼的將匕首收回了鞘中，好奇的又問：「學長你怎麼會送我這個？」

「啊，那個啊……」陸明睿用一種很正經的語氣說著超級不正經的話：「因為妳送了我不擅長使用的東西，我便想著也要以同樣的心情回禮，然後就看到了它。」

「……」喂！還可以更不負責任點嗎？！

「不過，使用起來要格外小心哦。」陸明睿笑著說道，「我第一次碰它時，差點被削掉幾根手指呢。」

莫忘：「……」這麼危險的東西拿來送人真的沒問題嗎？而且，「這是很貴重的東西吧？」削鐵如泥的東西她並非沒見過，艾斯特的劍似乎就是這樣，但是不管在哪個世界，這種極其銳利的武器都很珍貴吧？

「是啊，超級珍貴，足夠買五個我了！」

「……」五乘以零還是零吧？

「開玩笑的～」陸明睿聳肩，「收禮之後再送回可是非常失禮的事情哦！學妹，妳不會想這麼做吧？」

莫忘：「……」她還能說啥？

就在她絞盡腦汁想著該如何處理時，陸明睿居然主動提出要去唱歌，不過據莫忘的推測，他大概是想看自家朋友現在是多麼的慘烈。

沒錯，她覺得自己必須不憚以最大的「惡意」來揣測這個愛湊熱鬧的傢伙。

當然，對於陸學長湊熱鬧的舉動，莫忘並不反對。

★◎★◎★◎★◎

於是，莫忘一路將陸學長帶上了樓，卻沒有一起進入包廂——哈哈哈！因為她不想接收穆學長的憤怒光線。

所以說……也去花圃看一看？

如此想著的莫忘剛轉過身，突然對上一張臉，她被嚇得連連後退了幾步才定下神來，無語的說：「瑪爾德，別嚇我啊！」

瑪爾德很誠懇向她道歉：「萬分抱歉，陛下。」而後，他神色微動，問出了一個奇怪的問題：「不過，剛才那位少年是您的朋友？」

「唔……算是吧，怎麼了？」

「他就要死了。」

莫忘：「……」他是被林學長附身了嗎？！

大概是因為這想法太滑稽，莫忘下意識就想笑，但緊接著，心中一個想法浮現出來——雖然不太瞭解瑪爾德，但他看起來怎麼樣也不像會隨便開這種過分玩笑的人。

心思漸漸沉澱的同時，莫忘左右看了一眼，索性示意瑪爾德和她一起走到這一層走廊的盡頭，輕聲問：「怎麼回事？你也會預言？」

「預言？也？」

青年的話一出，女孩就知道自己似乎猜錯了，但——

「既然不是預言，你怎麼會……難道？」

瑪爾德回答：「是他身體本身的問題。」

「……很嚴重嗎？」

瑪爾德點頭。

莫忘突然想起，第一次見到陸學長時，他曾經拽著自己的小辮子說過這樣的話：「這個是家人逼著留的，據說是我剛出生時，一位非常靈的算命大師說『成年之前必須這樣做』，否則就會掛掉。」

——莫非……那並不是胡說嗎？

——等等……

莫忘直到此時才反應過來，雖然林朝鈞曾對他們三個人都說過同樣的話，但「致死」的原因卻是各自不同的——艾斯特是因為詛咒，她是因為墜入魔界？而陸學長則是身體本身出了問題。

但話又說回來，按照以往的經驗，林學長的「預言」並非是「絕對會發生的事」，而是能感覺到某種「預兆」，並提出警示。

比如艾斯特和她，最終都還活著。

「……原來是這樣。」

難得的狂歡夜，卻因為這樣的消息，讓人的心情低沉了下來。無論怎樣，聽說他人生命消逝總不會讓人覺得快活。

而且，陸學長恐怕是知道這件事的吧？

所以那個時候，林學長當著他的面說出「預言」後，他才會露出那樣的表情，說出那樣的話。而什麼都不知道的她居然因此而指責陸學長，真是太差勁了。

莫忘一把扶住額頭，簡直羞愧得不知道該說什麼好。

雖然找任何一人說這件事，對方也許都會安慰她說「不是妳的錯」，但是，哪怕別人說得再多，她也過不了自己這關。

——必須要好好道歉才可以。

可惜，雖然這麼想，但她一直都沒有找到道歉的機會。

第三章

魔王陛下的拜訪者很怪

陸明睿從一進入包廂開始，就快速的融入了學弟妹之海中，順帶將自己那千方百計想要上岸的好友往下拖去。

莫忘有心想要湊近，結果差點也被「淹死」當場。

好不容易逃脫的她，哭笑不得的注視著精力十足的陸學長，他那副歡脫的模樣真心容易勾起他人想笑的欲望；但同時，只要一想到瑪爾德所說的情況，她無論如何都笑不出來了。

這種情緒一直延續到所有人分散。

陸明睿笑著攬著自家朋友的肩頭就走，壓根不顧後者的反對。

莫忘朝前走了兩步，想了想，又停了下來。陸學長現在似乎心情不錯，去和他談這種話題似乎煞風景了點。這稍微一猶豫，對方就走遠了。

「還發什麼呆？回去了。」

一隻手搭上她的肩頭，並將她身子轉了過來。

「喏。」石詠哲將一樣東西遞到她面前。

「啊？」莫忘呆呆的發現，自己的圍巾居然在對方的手上，「咦？」

「怎麼把這個都弄丟了，真笨。」

「啊！」因為心不在焉的緣故，她居然把圍巾丟在了包廂裡，好在某人幫她拿了出來。

少年動作看似粗魯實則細心的把圍巾掛在女孩脖子上，繞了幾圈後，伸出手把她滑溜溜的馬尾扯了出來，順帶拍了拍她的腦袋，「走了。」

「……嗯。」

瑪爾德和賽恩走在一起，不遠不近的跟在兩人身後。

「在想什麼？」

「唔，想能健康的活著真好。」

「……」

石詠哲氣息一窒，顯然想起了之前女孩的情形。沉默了一小會兒後，他低聲說：「想那些有的沒的做什麼啊？與其想那些，還不如想想明天中午吃什麼呢。」

莫忘愣了一下，隨即笑了起來，「嗯，是啊。」石家的大餐享用時間一般都是中午。

「妳不會又想吃肉吧？」

「不行嗎？」盯。

「……我沒意見。」如果他說出反對的話語，她估計又會提到什麼垃圾桶了吧？

就這麼一路聊著，兩人很快回到了家中。

★◎★◎★◎★◎

稍微和老爸老媽打了個招呼後，心急如焚的少年抱著巨大的禮盒就跑到了女孩的房中，剛脫去外套準備換睡衣的後者就冒出了一頭黑線。

「喂，你也太急了吧？」

「……咳，誰、誰急啊！」

「……」反正肯定不是她！

不過莫忘也不拖拉，直接從床底下拖出一樣東西，往旁邊的書桌上一放，「給你的！」

「……地圖？」

石詠哲愣住，仔細看了一眼，發現那果然是地圖，而且是立體的，無論是高山還是低谷，河流還是湖泊，都栩栩如生。心念微動間，他直接伸出一隻手指，探入了一條看似緩緩流動的河水中。

「咦？」他臉上驚訝的神色更深，幾乎是同時，他縮回了手，「濕的……這是真的？」

「嗯！」莫忘肯定的點了點頭，「很神奇吧？不過需要魔力催動。」她一邊說著，一邊收回緊握著地圖的手，立體地圖瞬間就恢復成一幅普通的圖畫模樣。

石詠哲試探著伸出手，不過片刻，它又再次化為了立體的地圖。

雖然已經去過一次魔界，但像這樣精巧的魔法道具他還是第一次觸及，一時玩得有些愛不釋手。

「哼哼哼，我就知道你會喜歡！」莫忘雙手抱胸，笑得得意極了，「我的禮物呢？快給我交出來！」

雖然她也許是想做「女王樣」，但怎麼看都像是撒嬌的小孩兒。有點想笑的石詠哲也毫不客氣搬起地上的盒子往桌子上一放，「給妳的。」

莫忘伸出手，將其打開，而後——

「呀！」她情不自禁的發出了這樣一聲驚嘆，再次看向石詠哲時，亮晶晶的雙眸中是抑制不住的驚喜色彩，「給我的？」

盒子裡裝的是兩隻垂耳兔，一隻純黑、一隻純白。

一隻兔子口中叼著一根草，緩緩咀嚼著，軟乎乎、毛茸茸、暖洋洋的擠在一起，肥嘟嘟到幾乎看不到嘴巴和眼睛。

莫忘一看就覺得歡喜，伸出雙手不停的摸來摸去，但是慢慢的，她臉上快活的表情收斂了起來。

「可是……你知道的……」她雖然很想養牠們，但是……恐怕養不活。

爸爸媽媽離開後，覺得很寂寞的她也試著收養過一些小動物。

比如在樓下撿到的野貓，從附近人家家裡抱來的小狗，雖然不敢說讓牠們過得比人還舒服，但莫忘真的是很用心的照料——因為從小就不被允許養這些小動物，所以她是真的很開心。可惜，完全不成。養著養著，小貓小狗的精神不知怎麼的就變差了，快快的看著可憐極了，帶去看獸醫也沒什麼好的說法，後來……牠們自己就跑了。

似乎並不是本意，好幾次她回家時還看到小貓或者小狗在附近徘徊，看到她還頓了頓，似乎是想靠近她，但最終還是轉身跑遠了。

如此經歷了兩次後，莫忘發覺了一件事——她沒辦法養動物。

或者說，動物沒辦法在她身邊生活。

既然如此，她就不禍害牠們了。

也正是因為這樣，當看到石詠哲那個笨蛋身邊待著那麼多動物時，她其實偷偷的羨慕嫉妒恨。

「我問過尼茲了。」石詠哲伸出手指戳了戳其中一隻兔子的腦袋，原本溫順的小動物突然吐掉口中的草，回過頭就想咬他手指——他的動物緣還是那麼差！他一邊逗兔子，一邊說道：「牠說，那恐怕是因為魔力。」

「魔力？」

「嗯。」石詠哲點點頭，他的聖獸尼茲雖然沒什麼直接作用於戰鬥的力量，但身為「移動圖書館」，懂得的知識駁雜而豐富，「成為魔王之前，妳似乎沒有辦法控制自身的魔力，有時它們會不自覺的溢出。而動物是非常敏感的，尤其是生命力脆弱的小動物。牠們恐怕是被妳的魔力所影響，才會那樣。」

「……真的是我在傷害牠們嗎？」雖然早有這樣的猜想，但發覺到事實又是另一回事。

「妳又不是故意的。」石詠哲縮回手，揉了揉莫忘的腦袋。此時此刻他就是想這麼做。

他接著說：「而且，最後牠們不也沒事嗎？」

雖然小貓和小狗都跑走了，但是他知道，之後莫忘在社區裡四處問人要不要養動物，直到牠們真的被好心人帶回家，又把家裡用不著的各種玩具和食糧送去，才安心的把這件事放下了。

飼養小動物不是件普通的事情，牠們的生命比起人類實在是差太多，短則數載，長則十幾甚至數十載。當主人把牠迎回家時，就意味著肩頭擔負了一份責任——將牠從生照顧到死的責任。

「喂，你剛摸過兔子的！」莫忘一把拍掉某人的賊手，不滿的鼓了鼓臉，「再亂摸，小心我……」本來想說「塞垃圾桶」的，但一想到這傢伙正在送禮給她，這樣的話就無論如何不好意思說出口了。於是她輕咳了聲，默默轉換了話題：「既然你知道，那麼……」

石詠哲不知道自己在垃圾桶邊緣轉了一圈，略得意的說：「牠們不是普通的兔子。」

「啊？」

「是前幾天上街的時候，尤雅注意到的，大概是因為經常打架的緣故，牠對於這類氣息很敏銳。」

他其實有件事沒說，他想給小青梅的禮物很早之前就準備好了，是一大盒他花了幾個月時間自己慢慢雕刻出的各種動物，雖然看起來都有些似是而非，可卻足夠誠心，他甚至準備好了一個架子讓她擺放。

可惜，知道「魔王陛下消失」時，他因為太過激動造成魔力暴走，直接將放在手側的木雕碾成了碎屑，事後再重新雕刻已經來不及，所以才會再次採買禮物。

但也陰差陽錯的，有了另一番境遇。

得到「憤怒小鳥」的提示走入寵物店後，石詠哲第一時間就注意到了孤零零縮在籠子裡的這兩隻兔子，巨大的籠子裡，牠們占一邊，其他四、五隻小兔子擠在另一邊，彷彿死敵般的老死不相往來。

當時他就來了興趣，後來聽尤雅說，這是因為牠們天生具有魔力，雖然微弱，卻也不容於族群。再加上「靈性十足」的緣故，牠們的性格有點古怪，面對某些看不順眼又來摸毛的客人，還真能上嘴就咬，儼然兩隻「霸王兔」。

老闆有心想處理，正碰上少年真心想買，一拍兩散……不對，是兩合，於是牠們就變成了少年的禮物。

而其餘四隻聖獸顯然對於這兩隻「新人小弟」很有興趣，時不時繞著牠們轉一圈，搓搓毛、滾滾球，甚至還說要好好教導牠們，爭取讓牠們好好學習，努力成為「新聖獸」。當然啦，這個目標是非常困難的，但至少這兩隻兔子雖然能吃能拉，卻絕對不會亂吃亂拉，給他家小青梅添麻煩。

咳……可憐他多少次忍不住想獻寶啊！現在終於成功了，那叫一個得意，就等著享受某人「感動」的目光了……咳咳咳，當然，如果再給點別的他也不介意。

石詠哲垂下眼眸，以一副外表內斂、內在酷跩的姿態等「抱大腿」。

結果等了半天……沒等到。

他一抬頭，發現莫忘正和兔子玩得開心。特別愛咬他的兩隻兔子，一隻踩她腦袋上，一隻蹲她肩頭，嘴中都叼著一根草，嚼。她則跑到鏡子旁，時不時伸出手向上拍拍，再朝左拍拍，笑得比日光還燦爛。

石詠哲：「……」喂！不帶這樣過河拆橋的啊！太過分了！

不過……

他的臉色又緩和了下來。

注視著鏡中那渾然不知他正在看她的少女，注視著她臉上那發自內心的愉悅笑顏，他挺豁達的覺得這樣也不錯。

——送禮物嘛，本來就是為了讓她開心。

——既然達成目的了，當然就應該沒有遺憾了……不，其實還是有點的。

——算了。

石詠哲無奈的扯了扯嘴角，轉過身悄無聲息的朝陽臺走去。為了給她驚喜，這次他只送來了兔子，家裡還有些買下的食盆、水壺、廁所之類的東西，總要一併拿過來才好。

「阿哲！」

身後突然傳來了一聲脆生生的叫喚。

「什……！」

突然被抱住的石詠哲臉瞬間紅了，雙手左搖右晃不知道該往哪兒擺，終於下定決心要攬一把小腰時，妹紙卻已經跑了……跑了……跑了……還明晃晃的笑著說——

「謝謝你！」

「……不、不客氣。」多抱一會兒又沒什麼關係！

「真不愧是好朋友！」喜孜孜的莫忘大力拍了拍少年的後背，「當初我真沒看錯人！」

被打到差點吐血的石詠哲：「……」他們幾乎是一出生就認識了吧？還存在啥看沒看錯的問題嗎？

而後他才發覺思考這件事似乎毫無意義，唯有無奈的扶額說：「妳喜歡就好。」

回應他的是更為燦爛的笑容。

喜上眉梢的女孩恨不得昭告天下：我也有寵物啦！我終於可以養寵物啦！！！

★◎★◎★◎★◎

這份歡喜甚至讓莫忘短時間內完全忘記了陸學長的事情，直到瑪爾德和賽恩一人抱著一隻兔子去洗刷刷，而她也收拾好巨大的兔籠後，才再次想了起來。

她猛地拍了一下自己的額頭，暗想自己還真是蠢蛋，這麼重要的事情都能忘記。

事有巧合。

幾乎是同時，放在床上的大衣口袋突然發出一陣「嗡嗡」的震動。莫忘拿過來一看，愕然的發現居然是陸學長發來的簡訊。

【學妹，到家了嗎？】

莫忘愣了愣，隨即回覆——

【嗯，到了。學長你呢？】

【子瑜剛把我送回家。】

莫忘：「……」這種奇怪到了極點又微妙的略顯和諧的答案是怎麼回事？

【這麼久沒回覆，學妹妳不會想太多了吧？】

【……沒有。】魔力值！！！QAQ

【真的嗎？】

【……】為了可憐的魔力值，她選擇不回答這個讓人悲傷的問題！

【學妹，妳心虛了。】

莫忘很無語，該說不愧是陸學長的風格嗎？真無聊啊他！

【對了，學妹，還記得我們的約定嗎？】

——約定？啊！

【嗯，記得的。】

【時間已經過去了那麼久，妳想好要問我什麼了嗎？】

莫忘捏緊手機，安靜的思考了起來。

——詢問學長的問題嗎？

當時她是想問穆學長為什麼突然變得陰陽怪氣，但之後他又突然恢復了「正常」，再之後……因為事情眾多的緣故，她完全忘記了這件事情。

——等一下，為什麼學長要做這個約定呢？

——學長想要詢問她的問題是什麼呢？

——莫非……和他的病有關？

——但這一切，應該建立在陸學長知道某些事情的情況下。

莫忘突然心中泛起一絲預感——他也許真的知道些什麼。

於是她想也不想的回覆這樣一封簡訊——

【學長，你都知道了吧？】

片刻後，又一封簡訊飛回。

【是啊，魔王陛下。】

「……」

片刻後，莫忘又發了一封簡訊過去——

【是萬聖節的時候嗎？】

【聰明。】

原本以為得到這樣的回應會很驚訝，但出乎意料的是，莫忘並不覺得有多詫異，思來想去，這大概是因為——陸學長在她心中一直是個神奇的人吧。

神奇的人做出神奇的回答，嗯，一點也不奇怪。

她一時沒有回覆，對方也沒有發來，似乎是在耐心的等待。

——果然，那個時候他的記憶並沒有被洗去嗎？

——或者說，他使用特殊的方法留下了印記，比如說相片或者錄音。

——不，陸學長究竟是怎麼做的並不重要，重要的是結果。他……究竟想要做什麼呢？或者說，想要從她這裡尋求到什麼答案？

正思考間，一段悅耳的鈴聲響起。

蹲坐在她手邊的黑兔被嚇了一跳，隨即惡從膽中生的伸出小「手」直接將女孩手中的機器拍飛。

莫忘：「……」這種類似於貓狗的動作是怎麼回事？該說果然不愧是魔力兔嗎？

幸好手機只是從床的這邊飛到了床的那邊，她趴在床上一個輕撈，就再次穩穩的將手機抓在了手中，與此同時，口中叼著根草的白兔興沖沖的蹲到一邊，兔爪抬起，盯……

莫忘覺得這兩隻兔子可能是從美國來的，籃球技能被點滿了好嗎？

一邊這樣胡思亂想著，莫忘一邊接起了電話。

「……」

「……」

片刻後，還是對方先開始說話。

「我還以為學妹妳不會接我的電話呢。」

「……抱歉。」

「為什麼要向我道歉呢？」陸明睿的聲音聽起來依舊輕鬆，似乎完全沒有被之前說的話影響，「怎麼看妳都沒有做錯任何事情吧？」

「呃……」

「難道說，妳之前沒有回簡訊，就是因為在考慮怎麼殺我滅口嗎？」

「……喂，那種事情怎麼可能去想啊？」且不說她這坑爹的「只能做好事」的體質，哪怕就是沒有這個，殺人這種事她也做不出來啊！

「哈哈哈！開玩笑的，學妹妳真是認真過頭了。」

莫忘無奈的扶額，「學長，開玩笑也要注意時間和場合好嗎？」

「啊，那真是抱歉。」

「學長。」

「什麼？」

莫忘決定不再繞圈子，單刀直入的問：「你究竟想從我這裡得到什麼訊息呢？」

而後她聽到對方無奈的語氣：「學妹妳還真是直接，要知道委婉是一種美德哦，美德。」

「你確定要我跟你玩美德嗎？」

「……果然還是算了。」陸明睿笑著，「看來妳是真的沒有生氣。」

「做了見不得人的事情被他人知道才會生氣吧？」雖然「魔王陛下」這個稱呼怎麼看都中二了點，但是，現在的她並不認為「做一個魔王陛下」是什麼壞事。

陸明睿用玩笑的語氣說：「不怕我說出去嗎？」

莫忘也笑道：「說出去也不會有人相信吧？」

「說得也是，恐怕還會把我當成瘋子。」

兩人同時笑了起來。

「學長。」

「什麼？」

「你想問的……我是說……」

「怎麼了？吞吞吐吐的。難道說，妳也已經都知道了嗎？」說這話時，陸明睿的氣息平定，彷彿只是在閒聊。

莫忘卻無端的覺得氣氛凝滯了起來。片刻後，她發出了輕微的「嗯」的一聲。

「……是嗎？都知道了嗎？」

對方的聲音彷彿重新跳脫了起來，但在莫忘聽來卻多少有點無力感——獨自一人面對命運時，便越加覺得自身的渺小與事物的無常。

「那麼，我們打平了。」說完，他又問：「是上次在電影院的時候？」

「不是。」

「那……是在今天？」

「……嗯。」

「哈哈哈！難道說學妹妳失蹤的那幾天是去苦練技能，然後點亮了『醫療』屬性嗎？」

莫忘很無語，「喂，你以為是在玩遊戲嗎？」

「遊戲不好嗎？」陸明睿像是反駁，又像在說服著什麼，「受傷了可以加血，沒力氣了可以補藍（注：指電玩遊戲裡喝下藍藥水補充精神力），死了可以復活，怎麼看都挺好吧？」

「……抱歉。」

「怎麼又向我說對不起啊？」

「我……」莫忘深吸了一口氣，而後認真的說：「我為之前在電影院說的話向你道歉！真的非常對不起，什麼都不清楚的我居然說出了那樣的話，還自以為很正確……」

「妳沒有說錯什麼，也沒有做錯什麼。」

莫忘猶豫著說：「可是……」

「其實我挺羨慕那傢伙的，叫什麼來著？算了……不過，生命垂危之時，能夠被人那樣重視和救治，應該是很不錯的體驗吧？」

「……」

在女孩沉默下來的同時，電話的另一頭，直接坐在十幾層樓高的陽臺欄杆上的少年，緩緩勾起了嘴角。

——她果然又心軟了。

第一次注意到她，是在子瑜想調查石詠哲時，他就順帶稍微關注了一下這位石學弟的小青梅，而後發現了一件非常有趣的事情——重病在身的她突如其來的痊癒了。

明明已經到了死亡線的邊緣，卻又突然回到了健康的世界。

太不可思議了，不是嗎？

他夢寐以求卻絕不可能實現的願望，居然在她身上變成了現實。

越是關注，越是發現她身邊正發生著某種不可思議的現象，直到真正接觸到那堪稱不可思議的「真實」。

她自身痊癒了。

那位「林學長」的身體也在好轉之中。

那麼……為什麼他不可以呢？

最開始，他的確是想利用的；但後來卻發現，再多的計謀在她面前還不如「實話」來得便利……這也許就是另一個意義上的無懈可擊？

可是即便如此——

陸明睿的嘴角弧度越深：啊啊，我真是個徹頭徹尾的壞人。示弱的語言，不過是想激起她的同情，進而引誘她主動說出幫助的話語。

——為什麼非要這樣折騰呢？

——明明只要主動說出求救的話語，她一定會施以援手。

——為什麼就是不想那麼做呢？

——兩者之間究竟有什麼差別呢？

「學長。」

看，她開口了。

嘴角彎彎的少年開口間，卻是暮色沉沉的語氣：「嗯？」

「如果方便的話……能讓我檢查一下你的身體嗎？」

「……不會麻煩到妳嗎？」

「不會，只是……我也沒有什麼把握，這樣真的沒問題嗎？」

——對了，重視感！

陸明睿終於找到了兩者之間的不同：對、對，就是這個！

但是……他又為什麼想要得到這個呢？

「學長，你一定會沒事的。」

「呵，剛才還說沒把握呢，現在就做出這樣的保證，真的沒問題嗎？」

「……應該沒問題吧，我、我希望你沒事，我預感很準的，所以肯定會沒事的！」女孩肯定的說。

「……嗯。」

——所謂的「王」如果是這樣的存在，那麼被她統治的國家應該差不到哪裡去吧？有機會的話，真想親眼去看一看啊！

掛斷電話後，莫忘再次開始頭疼。

——啊啊啊！沒有經過瑪爾德同意就擅自說出了那樣的話，真是……要和他好好商量一下才可以！但是，如果瑪爾德也無法做到，那麼對於學長來說，得到希望而後又失望，該是多麼痛苦的事情……

「陛下，您真的要幫助那個人嗎？」

莫忘被身後傳來的聲音嚇了一跳，等她真的跳起身才發現，剛才還想著的青年不知何時已經出現在她的身後，懷中還抱著一隻白色兔子，身著白色睡衣、披散長髮的他看起來……咳，像嫦娥姐姐似的。

「又驚嚇到您了嗎？真是……」

「沒、沒事啦。」莫忘連忙阻止了他道歉的動作，「不是什麼大事啦！對了，你什麼時候來的？」

「有一會兒了。」

「有什麼事嗎？」

「毛巾。」瑪爾德指了指自己還在滴水的頭髮，「賽恩說毛巾要找您要。」

「啊！」莫忘這才想起自己的確忘記替瑪爾德準備擦頭髮的毛巾。

當然，這也不能怪她，艾斯特與賽恩都是短髮，平時幾乎用不到這個，而格瑞斯這傢伙臭美得很，光洗澡用的毛巾就好幾條，一週七天都不帶重複的。

「你等一下。」她連忙跑到衣櫥邊，拉開了下面的抽屜，「我記得這裡有新的。」翻找了片刻後，她回頭問：「你要什麼色的？」

「白色的就好。」

「OK！」她從中抽出一條白色的，而後站起身遞到對方手中，「抱歉，我忘記了。」

瑪爾德搖了搖頭，認真的擦拭起自己的頭髮，一邊如此做著，一邊從容而自在的老話重提：「陛下，您真的想要幫助那個人嗎？」

「誰？……嗯。」

既然瑪爾德已經來了有一會兒，那麼想必已經聽清楚了兩人的對話，魔界的人耳朵靈得不像話。莫忘很清楚，哪怕他本身沒想聽，但聲音傳入耳中他也沒辦法。

「恕我直言，那個人恐怕並沒有他自己表現出來的那樣絕望。」

陸明睿雖然不蠢，但瑪爾德顯然更聰明，僅憑聲音就可以準確的推斷出事實。

莫忘愣了一下，而後笑了，「謝謝你，瑪爾德。」

其實，她也沒有那麼蠢，雖然沒有青年那麼肯定，卻也隱約感覺到了。

但是……

覺察到是一回事，做出決定又是另外一回事。

首先，陸學長的確面臨生命危險。

其次，他的「欺騙」本身沒有惡意。

最後，她的確有辦法幫助他……

這就夠了。

「這就夠了。」

「啊？」

被說破了心中所想的莫忘有一瞬間的詫異，但隨即，她又看到對方眨了眨眼睛，溫和的說：「如果陛下認為可以，那我也沒問題。」

「……瑪爾德，謝……」

「陛下。」瑪爾德抓起順著自己褲腿一路往上爬的兔子放入女孩的懷中，「同樣的話不需要說第二次。雖然最初是因為想要便利才成為守護者，但是，您的顏色真的很漂亮。」

「顏色？」

「我的眼睛所注視到的事物——」瑪爾德近乎純色的眼眸在燈光下看起來並不可怕，卻神秘異常，「都是有顏色的。」

沒錯，他所注視到的世界，與正常人眼中的世界是完全不同的。那些顏色中，最多的是黑色，大概是因為看到過多的緣故，他不小心就會將他們混淆和無視——某種意義上說，不理人真的不是因為他高傲，而是因為太費神。

而同時也有一小部分人，色澤美麗異常。

比如艾斯特，清澈的藍色中流動著銀色的光芒；再比如他的弟弟艾米亞，深邃的幽黑裡流轉著不祥的血紅——這也是他不喜歡後者的最主要原因。

他討厭黑色。

因為看得太多了。

與此相比，植物們就要可愛得多，它們內外如一的表現著本身的顏色，而他也是從它們身上學會了「顏色的種類」。

「哎？真的嗎？那我是什麼顏色的？」

瑪爾德歪了歪頭，似乎在思索這個問題，但隨即又搖了搖頭，「我不知道。」

「哈？」

「因為我從未看過和您一樣的花朵，所以沒有辦法描述這種奇特的顏色。」

「……」這算啥啊喂！所以說，她是奇葩嗎？是嗎？

「無論於公於私，只要是您的命令，我都一定會遵從。」

「……」怎麼說呢？她聽到這話應該高興……吧？但為什麼就覺得那麼微妙呢？不、不過，不管怎樣，瑪爾德能夠答應真是太好了。

事不宜遲，莫忘和陸明睿稍微商量了一下後，次日後者就偷偷摸上了女孩的家門。

★◎★◎★◎★◎

敲門聲響起後，早已換下居家服、穿戴整齊的莫忘打開門一看，瞬間滿頭黑線。

「學長，你這身打扮是怎麼回事？」長風衣、墨鏡、口罩……他是打算去搶劫銀行嗎？

陸明睿左右看了一眼，一副「怪賊」的模樣小聲說：「聽說妳一個人住，我這不是怕光明正大的上門影響不好嗎？」

「……恕我直言，你這樣做影響更不好！」

「是嗎？」陸明睿大驚。

「……」莫忘扶額，「好了，別賣蠢了，快進來！」

這傢伙進去後，莫忘正準備去泡茶，敲門聲突然又響了起來。她疑惑的再次打開門，驚訝的發現站在外面的居然是管委會的劉奶奶。

「劉奶奶？」

「小忘啊，妳今天有沒有看到什麼可疑的人？」劉奶奶開門見山的問道。

「可疑？」喂喂，不是吧？

「對。」老人點頭，左右看了一眼後，悄聲說：「今天社區裡好幾個人都對我說，看到一個打扮神神秘秘的人在我們這裡來回晃蕩，說不定是小偷強盜來踩點呢！」

「……不、不會吧？」莫忘抽嘴角。

「我也希望不會，但未雨綢繆總沒錯。」劉奶奶嘆了口氣，而後又打起精神，「從前妳一個人在家我還擔心，現在有幾個表哥一起住我就安心了。我還要去提醒其他人，妳若想起什麼或者看到什麼，就打電話跟我說啊。」

心中暖洋洋的莫忘痛快的點了點頭，「嗯，好。」

可一關上門她才想起，話說……劉奶奶口中的那個「可疑的傢伙」該不會是……

莫忘默默轉過身，看向早已扒去一身怪裝、自來熟的坐到沙發上的某人，無語望天。

之後，經過瑪爾德的診斷，陸明睿的病狀與林學長是不一樣的，後者是因為使用魔力過度而造成了虧損，前者則壓根沒魔力，自然就不存在這種情況。

那一連串的檢查結果聽得莫忘有點頭暈，但最終得出的結果卻是樂觀的……並非無藥可救，只是恐怕會耗費相當長的時間，可是即便如此，也未必可以完全治癒。然而，……總歸是個希望。

為了保險起見，瑪爾德與陸明睿簽訂了某個魔法契約，要求他不得以任何形式主動或被動的將「與陛下及魔界有關的一切事物」向外人洩漏。

前者堅持，後者也沒意見。

莫忘就沒插嘴說什麼了，她很清楚，瑪爾德提出這樣的要求對她沒有害處。下次治療的時間定在一週後，到時候陸學長會自動「上門送貨」。而今天，他似乎還沒走的打算，只是來來回回的在屋裡晃蕩著。

雖然他的表情看起來和之前沒有什麼不同，但莫忘理解他內心的感受，就像最初她發現身體好轉時那樣……整顆心彷彿都輕飄飄的，有著喜悅，又有著因「不能著陸」而產生的虛幻感。恐怕要耗費不少時間，才能將那顆飄浮在半空中的心拉下去，讓它切切實實的站在地面上，安定下來。

這樣才叫「安心」。

「咦？學妹，妳真的養了兔子啊。」陸明睿在兔籠前蹲在身，饒有興趣的注視著踩著腳墊窩在一起的兩隻兔子。

對於這種普通的事情，他是真的非常感興趣。

明明只是一個「轉折」，不只他的命運，彷彿整個世界都發生了改變。這個世界是嶄新的，是剛剛在他面前展開的，一切事物也都是新鮮的，他又怎麼能沒有興趣呢？

「……什麼叫做『真的養了兔子』啊？」莫忘無語。

「唔，大概是因為妳很適合養？」

莫忘：「……」他的意思是——她和兔子是同族嗎？是嗎是嗎？！

陸明睿伸出手指想要戳戳黑兔子的腦袋，結果對方居然張口就咬，等牠發現失敗後，竟然毫不客氣的瞪他，口中嚼草的動作更用力了，彷彿是在咬人。

陸明睿：「……真不愧是學妹妳養的兔子。」

莫忘：「……」她才沒有那麼凶殘！

「說起來，學妹，我的問題妳已經給了答案，妳真的沒有什麼想問我的嗎？」

「呃……」莫忘歪了歪頭，思考了片刻後，終於問出一個疑惑很久的問題：「穆學長為什麼那麼討厭阿哲啊？」

「哦？」陸明睿挑起眉頭，有些幸災樂禍的笑著，「是子瑜討厭石學弟，而不是石學弟討厭子瑜嗎？」

「我和那個蠢蛋可是青梅竹馬。」莫忘瞥了他一眼，淡定的說：「他是什麼樣的人，我最清楚。」

雖然他對她的態度有點莫名其妙、各種欠扁，但對於他人，那蠢蛋還是很懂禮貌的。簡單來說，哪怕心中討厭某個人，但是只要對方不主動對他展現惡意，那麼他也絕對不會這樣做。嗯，他屬於「不戳不動」型。

「嘖嘖……」可憐的子瑜啊……不過，陸明睿擺出一副認真的臉，「妳想問的答案，我的確清楚。但妳確定自己想聽嗎？」

「……什麼意思？」

「因為這可能涉及到某些人的小秘密哦～」

「……」莫忘愣了一下，最終還是搖頭，沒經過同意就……的話，的確太失禮了。

「說來聽聽看。」

「……」X2

蹲在兔籠邊的兩人同時回過頭，只見他們討論的重點之一正單手插著褲袋，面色不善的站在他們身後。

「你那副臭臉是怎麼回事啊？」莫忘站起身，「偷聽別人說話的傢伙是你吧？」

石詠哲略心虛的說道：「誰、誰偷聽了啊？」

「你。」

「我只是過來找妳……」

「然後順帶偷聽我說話嗎？」

石詠哲：「……」為啥無論怎麼說都能繞回這裡？

莫忘微微搖頭，一臉可惜的表情，「嘖嘖，阿哲，你越來越猥瑣了。」先是跟蹤，現在是偷聽，之後是不是連偷窺都……話說他不會連這個都做過吧？

「喂！」

「好了、好了，大不了我不提這個了嘛。」說話間，她默默偷笑：咳咳，逗弄自家小竹馬果然很有趣！

「話說，你和穆學長都鬧成那樣了，居然不知道是因為什麼？」
「……我這邊的理由很簡單。」石詠哲別過頭，哼哼說道。
「什麼？」
「看著他就不順眼。」
「喂！」雖然無語，但莫忘知道，對方說的恐怕是實話，但是，「穆學長不會是同樣的理由吧？」這兩個人到底是多麼的沒有緣分啊？
石詠哲卻搖了搖頭，「我覺得應該還有其他的原因。」
之前老爸的話，分明透露了某些訊息，但那個故弄玄虛的傢伙卻不肯實話實說，他本來有心想查，卻被某個笨蛋的冒失舉動嚇得「肝膽俱裂」，自然而然也就沒找到機會。眼看既然有機會明白，他當然很想知道原因。
「那是……」
「這個，就說來話長了。」陸明睿笑了一下，而後看向莫忘，「方便泡杯茶給我嗎？」
「嗯，我……」
「白開水，愛要不要！」石詠哲不知道從哪裡摸出個紙杯，朝某人懷裡一塞，又揚了揚下巴，「自己去倒。」
對於這個和穆子瑜蛇鼠一窩的傢伙，他自然也是沒啥好感的，而且……第一次見面時是那樣的情形，他家蠢蛋小青梅怎麼就這麼沒戒心啊，堂而皇之的讓人登堂入室！

莫忘疑惑的看著石詠哲，問道：「你好好的瞪我做什麼？」

「……」妳覺得呢？盯……

「你要不要喝茶？我倒給你啊。」

「……」這傢伙的「半兩撥千斤」技能還真是越來越熟練了啊！但是，他也是越來越熟練被她糊弄了。嘆了口氣，他點頭說：「好。」

莫忘突然拍掌，恍然大悟般的說：「我突然想起家裡沒茶葉了，白開水可以嗎？」

她說的是實話，從前爸媽留下的茶葉泡完後，她懶得去買了。相對於茶，像她這個年紀的女孩其實更愛喝白開水或者各種甜滋滋的飲品。

石詠哲：「……」

紮著小辮子的陸明睿「嗤嗤」一笑，吹了吹右手端著的白開水後，左手將一個紙杯塞入對方懷中，「自己倒。」

石詠哲：「……」

——這、個、傢、伙！！！

石詠哲心中那個悲憤啊！妹紙應該和他一起欺負「敵人」才對啊，怎麼可以和那個傢伙蛇鼠一窩……不對，兔蛇一窩！

莫忘：「……」嗚哇，這傢伙一臉險惡之色是怎麼回事？算了，順毛順毛，「咳咳咳，還有可樂、柳橙汁、葡萄汁，你要哪個？不然……牛奶？」

喝啊！

「……」他一個男生喝牛奶像什麼話！就算喝……咳咳，也不能當著那個詭異的人面前

愛面子的石詠哲輕哼了聲：「可樂。」

「哦哦。」

「我要柳橙汁！」某人非常自來熟的招手。

「嗯，好。」莫忘說著就要往裝飲料的櫃子走去，卻看到那裡早已蹲了個人。

金髮少年笑著回頭問：「小小姐陛下，您要什麼？」

「牛奶。」

「瑪爾德前輩呢？」

瑪爾德歪頭，「葡萄？」

賽恩點頭，「好，那我也要可樂。」

沒錯，兩位守護者非常自覺的排排坐……聽八卦！

幾人隨即坐好，座位安排是這樣的：莫忘坐在長沙發的中央，左手竹馬，右手金毛，對面陸明睿，右前方瑪爾德。

籠子裡的兩隻兔子蹦蹦噠噠跳了過來，一兔一邊的蹲坐在妹紙的腳面上，口中這次沒叼乾草了，分別叼了一小塊蘋果味的草餅，嚼。

饒是陸明睿，見到這個陣勢也略露黑線，毫無疑問，他被當成了「說書人」。不過，似乎也沒啥不好？於是，他輕咳一聲，拍了一下沙發扶手，「且說道德三皇五帝，功名夏後商周，五霸七雄鬧春秋，頃刻興亡過首……」

「喂！」莫忘扶額，「你能否說點讓人聽得懂的話嗎？！」

「開場白，開場白而已。」陸明睿笑了一下，決定不再賣蠢，轉頭看向石詠哲，「接下來我要說的事情，可能會涉及到與你家有關的一些事物，這樣也沒關係嗎？」

「我家？」石詠哲微皺了一下眉頭，隨即搖了搖頭，「沒事。」反正他們都沒做過什麼天怒人怨的事情，壓根不怕人說。

「真的沒關係嗎？」莫忘看向自家小竹馬，目光十分誠懇，「如果不方便的話，不需要勉強。」好奇歸好奇，但她絕對不會因此而強迫他。

石詠哲目光很是柔軟的點頭，「沒事的。」

得到肯定的回答後，陸明睿放心的說了起來：「說起來，石學弟的父親和母親算是傳奇人物了。」

「……傳奇人物？」莫忘驚，石叔和張姨居然是那麼了不起的人嗎？完、全、沒、意、識、到！

「哈哈哈……只是在特有的圈子裡是如此。」陸明睿攤了攤手，接著說：「對於知情者來說，他們堪稱是現代的羅密歐與茱麗葉。」

「哎？」怎麼又說到這裡了？

「算了，還是我來說吧。」石詠哲扶額，這傢伙實在不可靠，再讓他繼續糊弄下去，天知道會給自家小青梅灌輸什麼錯誤的觀念，還不如他親自來，「我老爸家和老媽家是世仇。」

莫忘驚了：「咦？是、是這樣嗎？」

「不記得了嗎？妳也見過啊。」石詠哲看向莫忘，提示著說：「小學四年級的時候，他們很不巧的一起來學校看我，然後……」

說到底，這種事情他從未刻意隱瞞過女孩，同時也沒覺得有說的必要。無論家裡是怎樣的情況，他就是他，對她的重視也不會有絲毫改變。

莫忘抱著腦袋，想了好一會兒，突然靈光一閃，恍然大悟：「啊！」她想起來了，「那兩個打成一團的老爺爺？」

「對，就是那次。」

「他們是……？」

石詠哲扶額，「我的爺爺和外公。」

「……」喂！這樣真的沒問題嗎？！

「為了下一個假期我該先去誰家，毫無形象的在無數小學生的面前互毆了起來。」石詠哲面無表情的說道。很顯然，這樣的事情他已經不知道經歷了多少次，早就習慣成自然了。

「那你最後去誰家了？」莫忘好奇的問。

石詠哲面無表情的回答說：「去醫院了。」

「……哈？」

「我爸媽分別都是家中最小的孩子，當年爺爺和外公的年紀就很大了，還打得那麼凶，不進醫院才怪吧？」

「……」喂喂！這樣真的沒問題嗎？！

「沒問題。」彷彿知道女孩心中在想些什麼，石詠哲淡定的接著說道：「不管是他們，還是我，都已經習慣了。兩個老傢伙，骨頭硬得很。」

「啊哈哈哈……」除了乾笑，莫忘不知道該做什麼反應。不對，話說，「那他們為什麼會……？」

石詠哲嘆了口氣，「據說，我外公家從很多代以前就是吃公家飯的，據說祖上還出過將軍，不知道是真是假，不過現在有混軍隊的，也有當警察的；而我爺爺一家，聽說最早是做山賊的，現在……」

「還是山賊？」莫忘大驚！犯罪分子？！

「當然不是。」石詠哲搖頭否認，「現在什麼山都幾乎變成風景開發區了，誰還有地方做山賊啊？他們現在開公司，做進出口貿易。」

「哦哦。」

「不過，我外公覺得我爺爺家哪怕看起來洗白了，其實也是黑的，所謂的生意肯定有問題；而我爺爺則覺得我外公家自命清高假正經，『只許州官放火，不許百姓點燈』。再加上兩家祖上的關係一直……」

「我明白了！」莫忘做了個「阻止」的手勢。沒錯，她真的已經充分明白了，不得不說那真是一個悲劇。

「結果，我爸和我媽……」石詠哲想著該用什麼詞來形容自家父母，結果他失敗了，只能用最樸素的語言說：「他們看對眼了。」

雖然老媽總說是她對老爸一見鍾情，但是石詠哲心裡很清楚，為了創造這個「一見鍾情」，自家老爹可以說是機關算盡，一不要皮二不要命……

「你爺爺和外公很反對？」

「那是當然的吧。」石詠哲嘆氣，「我爺爺雖然有四、五個孩子，但我爸是他最小的兒子，也是唯一的兒子；而我外公雖然有很多兒子，我媽卻是他唯一的女兒，還是老來得女，外公和舅舅們都非常疼愛她。」

這兩個人撞在一起，那真心是個悲劇。說到這裡，他不得不佩服自家老爹，最初看上老媽時，他明知道未來會面臨怎樣的情況，還是義無反顧的下手了，並且一路爭取到了今天這個局面，彷彿一切全在把握之中，怪不得爺爺口上說「我再沒這個兒子！」，心裡卻一直期望他能回去繼承家業。

他回過神，接著說道：「中間有不少波折，但最終，老爸和老媽還是順利結婚了。為此，老爸放棄了繼承權，淨身出戶後獨自打拚，這麼多年都沒回去過；而老媽……倒是還能回去，只是我外公直到今天都只允許她和我兩個人去。」

說到底，外公最終同意老媽嫁給老爸的最主要原因，就是後者放棄了繼承家業，自己工作賺來「清清白白的錢」養家糊口；但即便如此，奪走了他「家中珍寶」的臭小子也是不可原諒的！哪怕這麼多年過去，心中其實已經沒啥怨恨了，但人「越老越小」，所以即使知道有錯，也很難推翻從前下的決定。

好在他家老爸也不在乎這個，在他看來，自己受點委屈沒什麼，重要的是老婆不覺得難過。而且，當年爺爺只是威脅說「你出去了就別給我回來！敢回來我就打斷你的狗腿！」，卻沒禁止他打電話關懷不是嗎？前兩年他還教爺爺下載聊天軟體，現在父子倆時而用視訊聊一下天，倒比年輕時關係還好。再加上，咳咳，不能回家還可以在街上「偶遇」嘛，遇到了就一起喝個茶什麼的……

所以說，石叔真心是非常狡猾……不對，懂得變通的男人！

而石叔自己也很清楚一切之所以這麼順利，不過是因為他利用了兩位老人對孩子的愛。無論他們這些孩子做出怎樣的事情，隨著時間流逝，老人最終都會諒解和釋然。但前提是，他們要過得好、過得幸福、過得不會生出絲毫悔恨，這樣才對得起老人們的付出與寬容。

萬幸，他做到了。

溫暖的家庭，心愛的妻子和……一個完全不像自己的不太聰明的蠢蛋兒子。

但奇蹟的是……

讓人嫉妒的是……

「我爺爺和我外公都挺喜歡我的。」說這話時，石詠哲有點得意，同時又有點困擾，畢竟小時候經常去醫院這件事真的讓他留下了心理陰影。

陸明睿邊笑邊聽，心裡卻很明白，如果把每個人的幸運用數值表示的話，石詠哲的幸運值簡直要高到爆表了。

首先，這傢伙是爺爺那邊唯一的孫子，按照老人家疼愛孫子的偏心心理，哪怕他將來不繼承家業，也絕對有一筆不菲的財產。

其次，這傢伙還是外公那邊唯一的第三代男丁——沒錯，石詠哲的舅舅們詭異地生的都是女兒，所以外公一直希望「不像他爹而像我的好孩子」能子承「外公」業。

最後，同樣擁有魔力的勇者大人什麼的……嘖嘖嘖，這傢伙簡直是要逆天啊！

「所以，你每逢假期就失蹤……就是去看他們？」莫忘不由得想起剛成為魔王的連假期間，最後不就是去車站接他回來？

「嗯。」石詠哲點了點頭，一臉悲劇的捂住臉，「我要是不去，他們雙方會乾脆派人來抓我去，然後雙方派來的人又……」

「……」沉默片刻後，莫忘默默的伸出爪子，拍了拍自家小夥伴的肩頭，「節哀。」

可惜小竹馬一點都沒覺得被安慰到了，他只是無奈的望天嘆氣：「沒事，我都習慣了。」

是啊……都習慣了……

有幾次想啥是啥的老人們還想讓他帶著小青梅一起去玩玩，但他擔心把她嚇壞，死活沒敢答應——過去的她也只敢在他面前橫了，在其他人面前軟軟糯糯跟小包子似的，帶到那麼多陌生人面前還不被吃了啊！

——不過，現在包子似乎多了點豆沙餡，帶出去應該沒問題了。

——嗯，不然寒假……

石詠哲仔細思考中。

「但是，這個和穆學長有什麼關係？」聽到這裡，莫忘只大致明白自家小夥伴是出生於一個很了不起的家庭——到底是有多了不起，她沒什麼直觀概念，但話又說回來，魔界一行後，再怎樣顛覆三觀的事情估計也嚇不倒她了吧？——但她還是不明白這個和自己提出的問題之間有什麼因果關係。

所以，到底是怎麼回事？

「子瑜……」陸明睿的話音頓了頓，隨即嘆了口氣，「他和石學弟既相似，又相反。」

「哈？」

「你的意思是……」倒是石詠哲很快速的理解了他話中的含意，「他的父母？」

陸明睿點頭：「嗯，差不多吧。」

「那後來？」

「分了。」

陸明睿攤手一笑。

要麵包還是要愛情，這個問題自古以來都存在，而每個人都可以給出不同的答案。「有情飲水飽」只是個不可能實現的美麗謊言，大部分人注定屈服於「麵包」之下。

石學弟的父親很厲害，卻不意味著子瑜的父親也同樣如此。

說起來，後者比前者還要晚「離家出走」，但他們幾乎是出走後不久就生下了子瑜，而石學弟的父母親則是安頓好一切後才……

雖然只是一年左右的時間差，卻充分反映出了兩種不同的態度。

穆子瑜的父親與母親也都是少爺小姐出生，銀行帳戶雖然被凍結，但出走時口袋中還有不少現金，衣服和首飾也都盡數帶出，想著好好過日子總沒問題，然後緊接著就生了孩子。可是，自己都還需要被人照顧，哪裡有工夫又哪裡懂得養育孩子？於是請了保姆。

然而，要付保姆工資吧？房子要買吧？車子要買吧？寵物要養吧？每季度的新衣服、新首飾要買吧？衣食住行，哪一樣不需要錢？偏偏兩人又都大手大腳慣了，很快就「彈盡糧絕」。當最後一件首飾典當出時，他們辭退了保姆，想自己帶孩子，卻沒想到他會哭得那樣讓人心煩意亂，一不注意就會大小便失禁，尿布什麼的也實在是太臭了，怎麼換得下手。

互相推諉之下，夫妻爭吵頻頻爆發。

幾次之下，原本看來牢固無比的感情面臨重重危機。好在兩人還算明智，在感情沒有完全破碎之前選擇了分手，讓自己在對方心中只留下一段美好的回憶。

多年後也許可以美其名曰，當年他們輸給了現實，卻沒有輸掉愛情，只是愛一個人就要懂得分手，讓彼此去尋求更好、更適合的生活——以此來粉飾太平。

不久後，兩人各回各家，各娶各嫁，孩子則歸了男方。

相較而言，肯親自洗手作羹湯的張姨，和被自家兒子噴了一臉尿水還喜孜孜換尿布的石叔，真心是難得的佳偶。

誰都知道——由儉入奢易，由奢入儉難。

針對此方面而言，如果說石詠哲一出生就是個「人生贏家」，那麼穆子瑜便是「loser」無疑。

而陸明睿更清楚，事實不僅如此。

穆子瑜的父親再婚後，他又相繼有了兩個弟弟、一個妹妹，家族實力不差的繼母對他非常不友好。而他的母親自從當年嫁到國外，就再也沒有回來過。

在這種破碎的、不圓滿的家庭狀況下，穆子瑜怎麼可能會喜歡天生贏家的石詠哲？

明明有著相同的起點，卻在身不由己的情況下走上了不同的路途，最終還可能到達完全相反的終點。

怎麼可能會甘心？

更何況……

陸明睿嘆了一口氣，紅顏禍水啊……

所以說，有些人真的是天生的敵人，沒得選。

——真是……

——有趣啊！

「居然是這樣啊……」

顯然，莫忘從兩人語焉不詳的對話中大致知道了類似的情形，雖然她也猜到陸學長應該還是有所隱瞞，但知道這樣的事情已經夠失禮了，不可能再深究下去。

「這麼算來的話，阿哲還真是幸運呢。」

「何止是幸運。」陸明睿笑，「簡直是被五百萬公斤黃金砸中的超級幸運兒好嗎？」

「……會死的吧？」莫忘擦汗。

「那五百萬公斤棉花？」

「……學長，你是在鄙視我的智商嗎？」黃金和棉花都是五百萬公斤，有區別嗎？

「是考驗～」

「喂！」

「你們夠了！」別自顧自的進入對話模式，徹底把他這個中心人物忽視好嗎？石詠哲很不滿的瞪了一眼不請自來的某人，又無奈的盯自家小青梅，「有那樣的老爸，我可不覺得自己幸運在哪裡。」

「石叔多好啊！」

「他只對妳好。」

「……」無數次目睹小夥伴被石叔各種損、各種毆的莫忘真心說不出「他對你也好」的話，只好輕咳幾聲，不太圓潤的轉換話題：「不過，連我都不知道阿哲的身世，為什麼穆學長會知道？」

陸明睿顯然對這件事也很清楚，非常自然的回答：「他曾經見過石學弟的外公和舅舅。」

「所以？」

「石學弟長得比較像母親吧？」

莫忘愣了一下，隨即點頭。是的，阿哲除了眼睛像石叔外，其他地方則與張姨非常像，但這並不意味著他「男身女相」，應該說，他完美繼承了母親五官上的優點，成功長成了與自家老爸完全不同的另一種類型的帥氣少年。

「我媽和舅舅們的長相都比較像去世的外婆。」懶得再玩問答遊戲的石詠哲直接開口解釋道，「所以，約等於我長得和舅舅們挺像。」

莫忘：「……」這傢伙開啟資優生模式忘記關了嗎？還「約等於」？不過，這樣倒是完全能理解了。

看過舅舅們的穆學長再見到阿哲，肯定驚訝了，隨即因為好奇而調查。結果，人家是一見鍾情，他們是一見結仇，某種意義上說，這也是一種難得的緣分啊……雖然是孽緣！

「大致就是這樣吧，其他的我也不能說太多。」腦後紮著根小辮子的陸明睿站起身，伸了個大大的懶腰，而後又胡亂扯了扯衣服，動作卻太肆意，彷彿將那件幹練帥氣的長風衣當作破麻袋來捋，「學妹，我回去了哦。」

莫忘下意識站起身，「哎？要走了嗎？」

陸明睿笑嘻嘻的說：「如果妳要留我吃飯的話……」

石詠哲當機立斷的直接將某人推到了門口，「我家沒你的飯。」

陸明睿：「……」不過他倒是聽懂了對方的話，學妹今天在石學弟家蹭飯？不過話又說回來，「學弟，我又不是壞人，不用跟防狼似的對我吧？」這句話他說得挺小聲。

小竹馬瞥了他一眼，冷淡的回答：「我沒把你當狼。」

「那是？」

「野狐狸。」還是專門趁人不在家就偷雞蛋的那種！

「……」

跟送瘟神一樣把人送走後，石詠哲舒了口氣，回頭左看看屋子、右看看窗戶，總覺得哪裡不對勁。直到走到架子邊點燃了一根白蓮味的塔香放到香爐中，他才略微覺得舒服了些。

——嗯，怪味退散，退散！

賽恩與瑪爾德深諳「事了拂衣去，深藏身與名」之道，默默的坐好、默默的喝飲料、默默的聽八卦、默默的收拾瓶子、默默的退散……堪稱「八卦黨」之罪，自始至終沒有表現出任何存在感，卻已然知曉了一切。

而兩隻兔子不知何時已經爬到了茶几上，一人抱著一顆主人遞給牠們的蘋果，「哼嘿哼嘿」的拚命往一旁扒拉。

一時將他們忽視了的莫忘很無語的看著石詠哲，問：「你到底是有多討厭兩位學長啊？」

「非要說出一個數字嗎？」

「嗯！」

「那妳恐怕無法理解，因為後面的零太多了。」

「……」喂！他這到底是為了形容自己的討厭呢？還是在鄙視她的智商？！她無奈的望天，「隨便你。」

石詠哲輕哼了聲，走過去彎下腰拿起茶几上洗乾淨的蘋果就要往嘴裡塞，卻被一把拉住了手腕。

「大哥，你剛摸過香，先去洗個手再吃東西……不行，這顆蘋果也要再洗一次。」

「……」

「算了，你去洗手，我幫你削皮吧。」

石詠哲表情淡定的走向洗手間，心裡卻在嘀咕：早知道應該多抓幾顆蘋果的嘛。

當然，如果多抓幾顆，最大的可能不是小青梅一直幫他削皮，而是被小青梅按在地上暴揍一頓。不過，按照少年現在那蕩漾的心情，哪怕被揍，恐怕喊出來的哀號都是「打得好！打得對！」也說不定。

第四章

勇者大人的謎片很多

雖然知道了一個不大不小的秘密，但莫忘的生活並不會因此而發生任何改變。說到底，那是阿哲和穆學長之間的事情，她沒資格干涉。

但同時，她的生活又發生了一小點改變——

艾斯特把他那讓人頭疼的弟弟丟了過來！

美其名曰「來保護陛下贖罪」，實質上……

莫忘拿著手中格瑞斯最新做出的、託艾米亞送來的「移動聯通魔界通異界行筆記本」，看著上面的留言，久久無語。

【艾斯特：那個笨蛋，就麻煩陛下您多多照顧了。】

她不做行不行？！

嗯……雖然稍微有一點抱怨，但再怎麼說那傢伙也是艾斯特的弟弟，該照顧的她還是要照顧。

艾米亞來到後，瑪爾德索性搬去和賽恩同住一間，將房間讓了出來。嫌棄之心，由此可見一斑。

莫忘十分確定，如果來的是艾斯特，說不定他又會大半夜鑽窗戶來個啥夜談。不過，好在艾米亞同學已經習慣了被對方各種嫌棄，恍若未覺的一個人占了大房間，表情甚至還挺愜意的。

對此，莫忘只能無奈的想：互相看不順眼也就算了，千萬別吵起來再惹出大麻煩才好！

而當事者卻彷彿完全沒自覺，大爺似的雙手抱臂靠牆，很是自信的說：「有什麼事情需要我做，就儘管說……不，吩咐。」世界的變化可真快，一眨眼，曾經任由他驅使的小女僕就變成了可以隨意驅使他的魔王陛下。

莫忘：「……」請他老老實實待著不搗亂行嗎？

不，八成是不行的。這傢伙天生不服管，越不讓他做啥，他就越想做啥。

她嘆了口氣，左看看右看看，靈機突然一動，說：「不然，你幫我養兔子？」

「……妳是在小看我嗎？」已經換上這個世界服裝的艾米亞挺不滿的，想他堂堂……好吧，目前是「等待戴罪立功的犯人」，但難道就不能給他更加重要的工作嗎？

「沒啊。」莫忘很是認真的回答，「你知道艾斯特在我這裡是做什麼的嗎？」

「什麼？」哥哥的話，怎麼說也應該……

「燒飯洗碗洗衣服。」

「……什、什麼？！」艾米亞驚呆了，他、他家強大高貴的哥哥大人，居、居然？！

「哦，還有帶小孩鍛鍊身體。」體育老師嘛。

「……」

莫忘又問：「你知道格瑞斯是做什麼的嗎？」

被打擊了的艾米亞默默的嚥唾沫，「什麼？」

「在街上掃地撿垃圾。」清潔工嘛，他做過。

「……」

「你知道賽恩是做什麼的嗎？」

「……」艾米亞已經不想反問了，因為他預感自己將「自取其辱」。

可是莫忘也沒指望等到他的回應，直接說：「家裡的衛生都歸他管，哦，你的房間就是他弄乾淨的。」

「你知道瑪爾德是做什麼的嗎？」

艾米亞覺得這個抖S簡直快要欺負死人了！

「他到現在都還是無業遊民，不過我打算在陽臺上清出一塊地方給他，養養花順帶種種菜什麼的，菜可以自己吃，花可以賣出去貼補家用。」

艾米亞：「……」他錯了，他不該認為從前的瑪爾德是墮落之人，現在才是啊！

「所以，你為什麼不可以養兔子？」莫忘也雙手抱臂，哼哼笑了兩聲，「還是你壓根做不來？那就算了，我……」

「我做！」艾米亞咬牙，什麼都丟了就是不能丟了面子！哪怕被S了，他也不能心甘情願的就當M！於是他心一橫，點頭就應承了下來。

「很好。」莫忘一臉欣慰的點點頭，「我期待你的成果暾。」

艾米亞：「……」怎麼覺得自己還是被欺負了？錯覺嗎？

事實證明，也許這傢伙曾經魅惑狂狷過，但被教訓時大概有人下手太狠——嗯，把他腦袋砸壞了點，於是就變成了現在這副德行……傷心！

沒幾分鐘，新鮮出爐的「飼兔官」便走馬上任。

養兔這工作其實不難，尤其家裡的兩隻兔子還都是小機智，聰明又通人性，總體來說，你只要讓牠們吃飽了，就絕對不跟你鬧騰。

但話又說回來，「飼兔官」其實又叫「鏟屎官」，意思不言自明——兔子可是直腸子，吃得多就拉得多。咳咳咳，這似乎還是牠腸胃好、消化好的標誌。所以說，每個養兔子的人上輩子都是折翼的天使啊！

這不，艾米亞雖然不是女孩們必備的生理衛生用品，但也被迫折翼了。

可憐他一手捏住鼻子，一手端著三角形的兔廁所，思考著該怎麼處理才好。

靠站在書房門口的莫忘抿了抿唇，嘴角邊勾起一條笑紋，隨即拿起羽毛筆在「筆記本」上寫著——

【魔王陛下：放心吧，我會好好照顧他的！】

而等到夜間，把自己渾身上下沖洗了幾十次的艾米亞精疲力盡走入房間躺倒床上，打開筆記本一看，幾乎吐出了一口鮮血。

——這樣也敢說是在「照顧他」？！

——哥哥那個笨蛋完全被欺騙了！

——完、完、全、全！

就在他默默咬牙義憤填膺的思考著該如何揭穿某人的「騙局」時，原本就沒關嚴實的房門「吱呀」一聲開了。一黑一白兩隻兔子口含磨牙草圈蹦蹦跳跳跑了進來。

艾米亞如臨大敵道：「你們進來做什麼？」

黑兔子「邪魅無比」的瞥了他一眼，四足一用力，整個身體便落到了床上，趴下，嚼。

白兔子「冷若冰山」的乾脆不理人，身體那麼一彈，整個身體也落到了床上，走兩步，湊到小夥伴的身邊，趴下，嚼。

艾米亞：「……這是我的床！」

黑兔子：嚼。

白兔子：嚼。

艾米亞：「你們都給我下去！」

黑兔子：繼續嚼。

白兔子：繼續嚼。

頭髮還在滴水的銀髮青年默默捏緊拳頭。

——可惡，如果是在家裡，這兩隻死不悔改的兔子早就被烤好變成晚餐了！可問題是，欺負兩隻兔子雖然簡單，但牠們背後站著的卻是……

打兔看主人啊！

再說，白天他還拍胸脯打包票說「沒問題」，晚上就……
她絕對不會幫他在哥哥面前隱瞞！
艾米亞深吸了一口氣，默唸了幾句「我很有涵養」後，拿起被子和枕頭，走到客廳撲在沙發上，打定決心明天早上起來第一件事就是找人把他的床鋪換新，然後每時每刻都把房間的門鎖起來。
因為頭髮還沒完全乾掉的緣故，他靠坐在枕頭上，隨手拿起遙控器將電視打開。不得不說，這個世界雖然沒有魔法，但很多東西真的可以用「鬼斧神工」來形容，也難怪從小生活在這裡的她……等等！那是什麼啊？！
現在的時間是晚上十一點。
女孩與其他人都已經休息了。
而電視也到了所謂的……咳咳，午夜場。當然，身處這個國家，即使是午夜場也不會有什麼不和諧的內容，但是嘛，這時段播出的電視劇大多不是多有名的，而這其中，就有許多部描述「你愛我我不愛你我愛他他不愛我他愛她她又愛……」關係的渣片，以永遠複雜的關係與眾多擦邊的曖昧戲收視率，每集睡一場再打個胎那是常態。
即使是莫忘這種半通不通的年紀，也差不多都習慣它的存在了。
但是艾米亞不同啊！
這傢伙來自魔界，來自那個「接吻就能懷孕，大家思想都很純潔」的魔界，哪裡見過這陣勢。

眼看著電視上一男一女在大街上當眾……咳，這傢伙驚呆了。

——這個……這個……當眾做這種事情真的沒問題嗎？不覺得羞恥嗎？這個……咦？為啥又換了個人？喂！剛才不是決定和那個人生孩子嗎？水、水性楊花！等等，進房間了，再等等，他們……

「噗——」

紅色的液體噴湧而出。

被驚醒的青年紅著臉連忙按下遙控器的關機鍵，直到電視成功關機，他還很有些驚魂未定。當然，這也不能怪他，當初艾斯特看到「純情都市戀愛劇」的時候都被嚇到了，何況弟弟君看的還是重口味。

「太可怕了……太可怕了……」

艾米亞一手扶住額頭，心想：雜、雜交？這種可恥的事情……陛下就是生活在這種危險的世界裡嗎？這種事情……這種事情！！！

「艾米亞前輩，你怎麼了？」半夜起床上廁所的賽恩打開客廳的燈光，他身上穿著藍色星星睡衣，正一邊打呵欠、一邊揉眼睛，「怎麼睡在沙發上？」

艾米亞卻沒心情回答這個，叫道：「賽恩！」

「嗯？」

「陛下所處的世界，真的像電視上描述的那麼危險嗎？！」

「啊？」金髮少年明顯的愣了愣，隨即歪頭，「你是指？」

「就是、就是……」艾米亞一把捂住嘴，彷彿說出那樣的話會玷汙靈魂似的，想他一個親了妹子就想結婚負責的人，也的確是很難接受這樣的事實，「人人都隨便生孩子……」他努力了好半天，才終於堅強的說完這句話，只覺得魂魄都要飛走了。

「啊，那個啊。」最初也為此狠狠震驚過的賽恩顯然很理解對方心中的感受，笑著安慰說：「沒事啦！這個世界的人們接吻是不會懷孕的。大街上到處都是這樣做的人，明天我帶你出去看看吧。」

艾米亞：「……」誰會特意去看這種事啊？

在他看來，這就跟偷窺人洗澡差不多……不，更嚴重！

這個世界，人人都在街頭當眾洗澡嗎？這可真是……

不對！

話又說回來……

「如果這個世界的人接吻不會懷孕，那是靠什麼方式懷孕的呢？」

賽恩愣住，好半天才揉著頭髮說：「我也不知道呢。」問陛下時，她也支支吾吾的不肯說，最後乾脆惱羞成怒的讓他閉嘴，再然後他就被艾斯特前輩收拾了。

「哦？這裡接吻不會懷孕嗎？」身穿白色睡衣的瑪爾德不知何時走了出來，淺青色的長髮披散下來，看起來宛如一段用春色織成的錦繡。他饒有興趣的重複著艾米亞的話：「那麼，究竟是靠什麼方式呢？」

在這個寒冬的夜晚，三位年輕人深深的疑惑了。

人類，究竟是靠什麼繁衍生息的呢？

咳，正所謂，冬天已經到了，春天還會遠嗎？

於是，賽恩第二天就神神秘秘的帶回了一張光碟片。

★◎★◎★◎★◎

目前的守護者三人中，賽恩的壓力應該是最大的。原因無他，其他兩人目前都是無業遊民，只有他緊跟在「魔王陛下」的身邊，正所謂「貼身保護」。雖然上學、寫作業、考試略辛苦了點，但依照他那令人「驚豔」的文字水準，只要能好好的把題目做完就已經夠讓人覺得感動了，老師們對他真的沒太高要求啊！

而且這傢伙還挺認真，回答題目時，遇到不會寫的，他居然會用那宛如幼稚園小朋友般充滿了童趣的字體一橫一豎的寫——對不起，老師，我不會做。

無數個老師拿到他那張寫滿了「對不起……」的卷子後淚流滿面。

該說這孩子氣人好呢？還是認真好呢？

該表揚他呢？還是責備他呢？

好像怎麼做都不對！

真是糾結死人了！

某種意義上說，賽恩可真是個神人！

而現在神人遇到麻煩了，他非常想瞭解「人類究竟是怎樣出生的」這樣一個嚴肅而認真的問題！但是，賽恩也不是蠢蛋，看小小姐陛下的態度，就知道這種事似乎不可以問老師……那麼，該找誰呢？

同學？

陛下就是，她不肯說！

家長？

陛下就是，她不肯說！

親人？

陛下就是，她不肯說！

賽恩同學深深的糾結了。

直到……

放學路上，賽恩遠遠的跟在青梅竹馬二人組的後面，保持著「既不會打擾，同時一旦發生意外情況也可以快速援助」的距離。

就在此時，他遇到一個奇怪的黑大衣蜀黍，這位蜀黍雖然身高僅有一百五十公分，卻穿著一件足足披到腳踝的長風衣，長風衣沒有扣緊，只靠雙手捂著行走。這人一邊走，還一邊東張西望，那雙綠豆眼甚是靈動，其中彷彿正閃爍著睿智的光芒。

賽恩雖然好奇，卻也沒打算多管閒事，但是對方與他快要相交而過的瞬間，突然停了下來，用非常輕的語氣問：「這位同學，有什麼想要的嗎？」

「……啊？」

賽恩能感覺到對方並沒什麼惡意，於是暫且停下了腳步，就在此時，他看到對方突然雙手一張，異常拉風的扯開了自己的黑大衣，一幅令人驚異的景象出現在他的眼前。

光碟片店！

這簡直就是一間微型光碟片店啊！

黑色大衣的內裡上，被這位怪蜀黍縫上了百十來個口袋，而每個口袋中，都或多或少的裝著一些光碟片。

眼看著眼前的小少年被自己拉風的展出姿勢所驚倒，蜀黍自信一笑，露出滿口被煙熏出來的大黃牙，瀟灑的一甩頭說：「怎麼樣？來一片？」

「啊？」

「看在我們有緣分的分上，給你打個折，五十塊錢三張。」

「……」

蜀黍看了一眼被自己的風度「震驚」了的少年，喜孜孜的搓手問：「怎樣？同學，有沒有什麼特別想要的光碟片啊？」

賽恩想了想，突然開口問：「有關於人類起源的光碟片嗎？」

蜀黍愣了一下，隨即噴笑出聲：「哈哈哈！哈哈哈！不愧是讀過書的，說話還真他媽……哈哈哈哈！」他大力拍著賽恩的肩頭，笑得那叫一個前仰後合。

賽恩：「……」他很疑惑，自己說了什麼特別好笑的事情嗎？

「人類起源啊，嘿嘿嘿嘿……」黑衣蜀黍又偷笑了兩聲，正準備再說些什麼，目光卻掃到了前方不遠處，臉色瞬間大變，想也不想的裹起大衣就跑。

賽恩一看更迷茫了，什麼情況？

於是，他追了上去問：「你不是說……」

「同學你還真是執著。」怪蜀黍也深深被賽恩的「求知欲」驚呆了，可眼見著和他「相愛相殺」那麼多年的警察伯伯即將奔來，他也實在沒有什麼心思推銷產品了，只往衣服口袋裡那麼一摸，隨手拿出一張光碟片塞到少年的手中，「送你了！加油！」反正他身上的光碟片百分之九十都是……咳咳咳，送出哪張都無所謂嘛。

至於加油……

嗯，少年強則國家強！

他這是為國家為社會做貢獻來著！

懷著這樣的自豪感，黑衣怪蜀黍如同怪盜般一路狂奔而去……而去……去……

緊接著，賽恩就帶著那張光碟片回到了家中。

當然，作為一名合格的守護者，賽恩一點也不小氣，非常大方的將光碟片共享出去，心裡還挺樂意——作為後輩，作為守護者中年齡最小的魔族，他一直深受前輩們的照顧，現在也算是小小的還禮了。

於是……

「人類誕生的秘密，就隱藏在這麼一張……」還不太熟悉這個世界的艾米亞話音頓住，顯然不知道該用什機詞來形容這東西。

「光碟片！」賽恩及時補充，「那位奇怪的中年人是這麼說的沒錯。」

「是嗎……」對新的知識充滿了求知欲的瑪爾德眼神稍微有點興奮，「怎麼看它？」

「用電腦就可以看。」

其實用播放器也可以，只不過在這個年代，普通家庭早已淘汰了這東西，莫忘家從前倒是有一個，可惜壞掉了，之後也沒打算再修。

「電腦？」

「嗯，勇者大人家有。」

有那麼強大的靠山，石詠哲當然有這東西，再加上，老人家買給他的東西，他親爹也沒下死手。好在這個年紀的男生都是蠢蛋，要麼沉迷遊戲，要麼熱愛運動，除此之外的一切事物經常被忽視掉。

石詠哲無疑是後者。

按道理來說，「魔王的爪牙」和「勇者陣營」應該是敵對立場，但這次無疑是個例外。聽說對方要借東西，勇者大人非常痛快的答應了，直接將隨手塞在架子上的筆記型電腦和電源線遞了過去，而後也好奇了：「是小忘要用？」

「不。」賽恩老實的搖了搖頭，「是我們要用。」

「哈？」石詠哲愣住，隨即想起莫忘在他面前顯擺的那個「筆記本」，心裡嘀咕著：魔界不會要開發自己的電腦吧？真的想要與時俱進啊？

於是他也好奇了，問：「你們是要做什麼？」

「要一起來嗎？」面對伸出援手的小夥伴，賽恩也非常大方的伸出了友誼的小手手。

石詠哲訝異了一下，「可以嗎？」

「當然！」

於是，勇者大人就這麼跳進了「坑」。

「聖獸大人們要一起嗎？」

「啊？不用了。」石詠哲搖了搖頭，「牠們一起出去玩了。」

具體來說，是去找附近的動物打架……

這是憤怒小鳥尤雅最近找到的新愛好，每天牠都收起羽翼端坐在薩卡的頭頂，用武力強迫其成為自己的「坐騎」，而跟班一號布拉德和跟班二號尼茲自然也要緊隨其後，簡而言之——閻王鳥出巡！

不過也多虧如此，石詠哲覺得自己的家庭生活總算是安靜了不少。

「那走吧。」

很快，幾人彙聚到莫忘家的儲藏室中。

對於幾位守護者來說，這是個神聖的地方——他們都是從這裡應召喚而現身。而石詠哲則對這裡感慨良多，現在的他已經很清楚，自家小青梅就是在這裡得到了變成「魔王陛下」的契機。

現在想來，小時候的他們似乎很喜歡在這裡一起玩耍，小小的空間中堆滿了各式各樣的玩具，都是雙方家長買的。不，還有……對了，自己用零用錢買來的東西。小忘的「丟錢體質」從小就有，所以他們向來都是手牽手上街一起買，記得當時他們有段時間存了很久的零用錢，然後買了……咦？買了什麼來著？

「插上電源怎麼沒反應？」

突如其來的問話打斷了石詠哲的思緒，他低頭一看，伸出手朝開機鍵上戳了一下，「這樣就好。」

快速開機的機器很快吸引了守護者們的目光。開機完畢後，石詠哲打開了電腦側邊的光碟機匣，伸手接過賽恩遞來的光碟片，他來回翻看了兩眼，有些好奇的問：「怎麼一點介紹都沒有？」正常的光碟片至少外面有個殼子吧？

邊說著，他邊將光碟片放入機匣，再將匣子推了回去。

「不用介紹，我知道這是什麼。」

「啊？」石詠哲點開影片檔案。

賽恩一副嚴肅的臉說：「探索人類產生的秘密。」

「……哈？」石詠哲一呆，隨即想：不會是什麼科學講座吧？不過還真是這些傢伙會做的事情。

「出來了。」說話的是艾米亞，雖然昨天已經接觸過電視，但他對於這種可以「不需要魔力就可以儲存影像」的機器還是很感興趣的。

影片的最開始很昏暗，緊接著，鏡頭轉向天空，那裡懸掛著暗淡的夕陽。

「這就是人類產生的秘密？」石詠哲疑惑了。

「哎？」賽恩也疑惑了。

瑪爾德理了理自己的衣袖，沒有說什麼。

而艾米亞則輕嗤了聲，顯然不抱什麼希望了。

緊接著，鏡頭終於轉向了人類。

而後，儲藏室中的四人成功的同時紅了臉。

原因無他，兩個穿著泳衣的女性正肩並肩走到海邊那偏僻而寂靜的道路上，兩人身上的衣料加起來……咳，還沒他們一截袖子多。

敢穿這種泳衣的女人通常身材都不算差，該有肉的地方有肉，該沒肉的地方沒肉。

石詠哲一把捂住臉，「這就是人類產生的秘密？」同樣的話此時再說，只覺得萬分無奈。

艾米亞：「……」轉頭盯賽恩。

瑪爾德：「……」轉頭盯賽恩。

賽恩：「……」乾笑著撓頭髮。

就在此時，影片中的女人突然尖叫了起來，口中還用著超級流利的日語：「雅咩蝶！雅咩蝶！！！」

石詠哲：「……」這個……這個……他似乎知道這是啥了，話說，這還真是「人類誕生起源」啊喂！這傢伙到底是從哪裡弄來的？

他連忙伸出手就想把影片關掉。

就在此時，門突然開了。

「咦？你們都在這裡？」莫忘握著門把，疑惑的看著幾人。

「……」X4

「咦？什麼聲音？」她聽到女人的尖叫聲，下意識走了進來。

「別！」幾人手忙腳亂的比劃著，下意識覺得不能讓女孩靠近，卻又不知道該如何解決現在的窘境。

慌亂間，原本放置在桌子上的電記型電腦被打翻在地，也不知道這筆電是什麼品牌，居然堅挺的沒有摔壞。莫忘隨聲看去，只見翻到的螢幕上，兩位高喊著「雅咩蝶」的泳裝女人正被兩個獰笑著的壯漢拉著腳踝往黑暗的沙灘拖去。

莫忘：「……這、這是什麼？」

四人：「……」他們也不知道啊！

就在此時，螢幕上打出了一行日文，下面居然出現了中文字幕——

真人實拍強●（消音）現場。翻譯：黑衣酷哥（有些聽不懂的地方沒打上字幕，大家體會精神。PS：所謂的真人實拍只是片商的手段啦，大家不要信，更不要學習哦！真有這種事發生要像我一樣見義勇為！）

「不要！不要！！！」

「啊哈哈哈，跑不掉了！」

「大哥，讓我先來吧！」

影片中，人們的對話聲相繼跑了出來。

「……」X了個N。

莫忘深吸了一口氣，一手關上了背後的房門，捏著拳頭微笑的說：「你們……」

石詠哲：「等等！」

賽恩：「小小姐陛下！」

艾米亞：「妳想做什麼？」

瑪爾德：「請冷靜點！」

「都給我去死！！！！！！」

據說巨龍發威時，牠噴射而出的龍炎，足足可以毀滅一座大型人類城市。

由此可見，魔王陛下完全是隻小型的噴火龍啊！

等她終於稍微消了點火，「探索人類秘密」四人組已經橫二豎二躺倒在地上擺成「井」字造型不能動彈了。

莫忘一咬牙，怒道：「少裝死！」

始作俑者賽恩淚流滿面的舉起手，「小小姐陛下，我沒裝死，是真的快死的。」

莫忘：「……」別鬧！她壓根沒敢用力氣好嗎？會死才怪吧？

而一旦吵鬧的聲音停止下來，從還未關閉的影片中傳來的大笑聲、喊叫聲與喘息聲就更加強烈了。

不知是氣的、累的還是羞的莫忘深吸了一口氣，忍了又忍，最終沒忍住的喊道：「變態！

色狼！混蛋！白痴！我我我我我鄙視你們！」說完，她直接摔門而去。

其餘四人：「……」

某種意義上說，這幾個人也挺冤枉的，揍是挨了，但「如何創造人類」還是不清楚哇！只看到大漢拖著女人走……雖然意識到他們是要做什麼不太好的事情，但緊接著魔王陛下不就進來了嗎？然後……當然，咳咳咳，幾人都堅定的認為，就算陛下不來，他們也絕對不會再繼續看下去了！

艾米亞：「……關我什麼事？」他純屬無聊才參與的吧？不過好久沒被她揍了，力氣更大了，咳咳咳。

他轉頭，盯。

石詠哲：「我才無辜好嗎？！」他是躺著也中槍啊！只是好心借人電腦也能惹出這種麻煩？開什麼玩笑！

他轉頭，瞪。

賽恩：「……啊哈哈哈。」

「你笑個鬼啊！」X2

「別、別這樣啊，我也不知道裡面裝的會是那個……話說是哪個？」賽恩疑惑的看向最先就想關掉影片的小夥伴，「勇者大人你其實是知道的？」

石詠哲：「……」又和他有什麼關係？！他怒道：「我不知道！」

「小氣～」

石詠哲：「……」這和小氣不小氣沒有任何關係好嗎？！話說這些人為啥那麼執著的想要知道這個話題啊！

就在此時，他突然感覺到一股灼熱的視線，略一歪頭，他發現那位有著純色眼眸、與其說是帥氣不如說是漂亮的新人正緊盯著自己，他無語的問：「你做什麼？」

充滿求知欲的瑪爾德偏了偏頭，問：「要付出怎樣的代價，你才肯教授知識呢？」這傢伙很執著。

石詠哲：「……」哪怕給他五百萬這事他也不做！嗯，土二代（注：土豪第二代）就是有著這樣的底氣！

事情這麼一鬧，幾人當然不可能再繼續看下去了。即便是瑪爾德，透過陛下的反應也知道那張光碟片本身是有問題的——就算是在魔界，強迫女性都是最惹人鄙視與最不可原諒的罪行之一。

★◎★◎★◎★◎

休息片刻後，幾人各回各家，各找各媽。

可憐的勇者大人將惹禍的筆電隨手往床上那麼一丟，連合都懶得合上它，這種惹禍的東西壞掉算了！對著鏡子照了一下差點變成豬頭樣的自己，幾乎沒忍住流下心酸的眼淚。他到底做錯了什麼啊喂！而且……

「變態！色狼！混蛋！白痴！我我我我鄙視你們！」

石詠哲頹然的坐倒在床上，抱住頭：被討厭了……被討厭了……被討厭了……

就在此時，他臥室的房門開了。

張姨一邊走進房間，一邊好奇的問：「剛才你們在鬧什麼？那麼吵……呀！你誰啊？怎麼在我兒子臥室裡？」

石詠哲：「……」這可真是親媽啊！QAQ

「還用說嗎？」石叔很不厚道的笑了起來，「我們家蠢蛋。」

「咦？真的？」張姨仔細看了看，「啊，還真的是！老公你好厲害！」

被老婆誇獎的石叔很是開心的點頭，「揍多了就知道了。」

石詠哲：「……」這可真是親爹啊！QAQ

「你怎麼把自己弄成了這樣？」張姨心疼的走上前，俯下身小心翼翼的托起自家兒子的頭，左看看、右看看。

「摔、摔的。」雖然知道自家老媽不太可能會因為這種事責怪小忘，但是，果然還是別說實話比較好。

「……摔的？」張姨怎麼可能會相信這種話，只見她鬆開手，挑起眉，朝旁邊的地上一戳，「你再摔一個給我看看！」

「媽……」

張姨輕嘖出聲：「嘖嘖，出去和人打架了吧？」

「……」

「輸了贏了？」

「……贏、贏了。」

「那就好！」張姨大力拍著自家兒子的肩頭，「嗯，不錯。」

石詠哲：「……」媽，妳的三觀呢？！

「要賠人醫藥費嗎？」

「媽！」

「好好好，我不多說還不成嗎？」張姨無奈攤手。

當然，之所以這麼說不是因為她過度嬌慣自家兒子，而是因為她很清楚，兒子雖然……咳，被老公評價為「傻蛋」，但在正直和正義方面她還是有信心的，哪怕兒子真和其他人打起來，錯方肯定不在自家兒子。這種情況下，她寧願幫兒子付醫藥費，也不樂意看到兒子被人揍啊！

勉強混過關的石詠哲：「……」鬆口氣之餘，他默默的扭頭看了一眼還靠站在門口的自家老爸，只見對方正似笑非笑的注視著自己，那表情是相當的壞！把可憐的少年嚇得抖了抖，跟淋了雨的小鵪鶉似的縮著翅膀不敢動彈。

這模樣可把張姨心疼壞了，彎下腰就抓住自家兒子的衣服一陣猛扒，「身上有傷嗎？」

「……媽，妳做什麼啊？」石詠哲連忙掙扎，都這麼大的人了還被自家老媽扒衣服，羞不羞恥啊！

「少廢話，快脫掉衣服我看看！」

「不用了。」石詠哲繼續掙扎著。

「有什麼不好意思的？小時候我還幫你洗過澡呢！」

石詠哲快吐血了，「妳都說了那是小時候的事情了！」

「快，聽話！」

「我……」掙扎間，石詠哲的手肘無意間觸碰到了原本放在床上的筆電的觸控盤，靜止的影片就那麼繼續播放了起來，某種邪惡的聲音再次充斥了整個房間。

石詠哲：「……」

張姨：「……」

石叔：「……」

三人面面相覷了片刻後，石詠哲連忙一把合上了電腦，自動進入待機狀態的它終於停止發出這樣這樣那樣那樣的奇怪聲音。

張姨眼神奇怪的看著自家兒子，「你……」

「媽妳聽我解釋——」石詠哲簡直快哭出來了，這都叫什麼事啊，「這是個誤會！」

「……你說。」向來相信自家兒子的張姨決定給他一個機會。

「我……」石詠哲說話間，默默的瞥了一眼自家老爸——就怕老爸補刀啊！

可是，不知道是不是走運，他家老爸居然一言不發，只是用那種讓人毛骨悚然的目光默默注視著他。

趁此機會，石詠哲大致說清楚了事情。

不過，他很厚道，沒把責任完全推給賽恩，只是說他們大家放學時在路邊撿到了一張光碟片，好奇之下就用電腦看一看，結果……

「被小忘發現了？」張姨注視著自家兒子，眼神中是深切的同情意味。

石詠哲默默捂臉，心中很是無語，老媽為啥偏在這種事情上那麼敏銳呢？

「真可憐。」張姨摸了摸兒子的腦袋，那叫一個感慨萬千，「你怎麼就被抓住了呢？」

「……」又不是他一個人被抓住！

「沒事，我去幫你向小忘解釋一下。」

「……啊？」

「安心吧。」

說完，張姨轉身離開自家兒子的房間。

石詠哲：「……」他保持著伸出手抓自家老媽的姿勢，卻沒成功抓住人。

……話說，做媽的替兒子解釋這種事情真的沒問題嗎？不覺得尷尬嗎？媽！那真是他親媽啊！TAT

可憐的勇者大人整個人都石化了……

不知過了多久，一雙熟悉的拖鞋出現在他的面前，而穿著它的除了自家老爸還能有誰？石詠哲默默抬頭，居然看到自家老爸一臉笑意的注視著自己，溫柔的安慰他說：「不用羞恥，年輕人看這種片子是很正常的。」

石詠哲默默吐血，「爸，你到底是在安慰我，還是二次傷害我？」

「咦？被看出來了嗎？」

「喂！」

「嘖嘖，居然跑到人家女孩的家裡去看這個，你好膽量啊。」石叔呵呵一笑，「我都快崇拜你了。」

石詠哲：「……」別鬧！

「我以前怎麼沒看出你有這麼大的本事呢？真是小看你了。」

石詠哲：「……」不嘲笑他會死嗎？會嗎？！

「為了表達我的崇拜，來，這個給你。」說著，石叔直接將一箱子東西送到了自家兒子的手中。

「這是什麼？」石詠哲好奇的接過，打開箱子一看，臉頰瞬間爆紅，頭頂幾乎冒起了煙霧，「這都是些什麼啊！！！」

相似的話語，前一句是疑問，後一句是質問，由此可見他內心的風起雲湧。

石詠哲捧著手中的箱子，如同捧著一個重量級的炸彈，還是引線已經點燃的那種——隨時可能把他炸上西天！

他僵硬的合上紙蓋，將那些封面非常不和諧的雜誌與光碟片一起蓋住，默默抬頭看自家老爸，好半天才抑制住吐血的衝動，抖聲問：「這是什麼？」

石叔彷彿完全沒被這些東西影響，淡定而正直的回答：「你孫叔放在我這裡的藏品。」

石詠哲：「……」

孫叔是他家老爸生意上的夥伴，兩人年輕相仿、關係也不錯，而與早婚早育的石叔張姨不同，他直到去年才結婚，新婚妻子很年輕漂亮，脾氣也略……咳，為了防止被毀掉，這位晚婚的新郎毅然把自己多年的珍藏品整理了一下，一個朋友送一箱，以作為友誼的見證！

多年前就抱得美人歸的石宇澤當然不是石詠哲那種人生loser，壓根用不著這些東西，只能把它放在屋裡堆灰，想著等兒子成年就讓其「繼承」，卻沒想到自家蠢蛋的成長還真是出乎他的意料，於是他決定把它們甩給……不，是送給自家兒子。

咳，朋友送的，他不好丟掉，但被自家兒子丟掉就不關他的事了。

至於某人會不會沉迷這些東西……作為老爸，他這點自信還是有的！

於是，就有了現在的一幕。

可憐的石詠哲哪裡有心情體會自家老爸的苦心，他現在整個人都不好了！本以為混蛋老爸心情好沒準備補刀，結果他補得比誰都可怕啊喂！

可還沒等他把箱子塞回去，對方已經溜了……溜了……溜了……

石詠哲：「……」喂！喂！！喂！！！這麼不負責任真的沒問題嗎？！

他抱著手中的「炸彈」，默然無語了片刻後，決定把它丟了，他可不想真的被討厭！

於是，少年抱起箱子朝門口走去。

還沒走兩步，身後突然傳來了腳步聲，緊接著是一聲喊：「臭小子，你去哪裡？」

石詠哲一回頭，發現自家老媽居然真的帶著妹紙回來了。後者與他對視了一眼，非常不好意思的低下頭，輕聲道歉：「對不起，誤會你了，我會好好的教訓賽……表哥的，讓他以後不要再在路上亂撿東西。」

「……」石詠哲差點熱淚盈眶啊，老媽萬歲！老爸有多惡魔，老媽就有多天使！但此時此刻他怎麼能失態呢？於是也輕咳了聲，扭頭說：「沒事。」說完又加了一句：「下次別那麼衝動了。」

莫忘點頭：「嗯。」

「下手也別那麼重。」

「嗯。」

「至少先給我個解釋的機會啊。」他最不滿的就是這點，說好的信任呢？！

「……嗯。」莫忘其實也挺無辜的，親眼看到那樣的情形，正常人都很難保持鎮定吧？那種一瞬間覺察到了「其他人都拋棄我率先長大並進入可怕的新世界」的心酸感，真的難以描繪啊！

「這還差不多。」石詠哲圓滿了。某種意義上說，他的要求真低，每天餵馬鈴薯都能被養活的那種——前提是馬鈴薯要特定的人給。

聽到對方這麼說，莫忘也舒了口氣，抬起頭笑著說：「我帶了藥油來，幫你擦？」說不緊張是不可能的，他們兩個雖然這麼多年來都吵吵鬧鬧，但打架……好吧，單方面的毆打幾乎是沒有過的事情，她可不想因為這種烏龍事情失去最重要的朋友。

眼看著兩個孩子和好如初，張姨也鬆了一口氣，隨即又好奇了，問：「哲哲，你手裡拿的是什麼啊？」

「啊？」啊！！！

石詠哲這才想起，自己的手裡還拿著一個重量級的炸彈呢！幾乎是立刻，他的腦門上流出了巨大的汗珠，支支吾吾的說：「沒、沒什麼。」

「沒什麼？」

「垃、垃圾，準備去丟的垃圾而已……」

「是嗎？」張姨似信非信的盯著他。

莫忘倒沒想那麼多，很自然的走上前說：「我幫你扔吧。」

「啊？！」

「你身上不是痛嗎？」莫忘疑惑的看了自家小竹馬一眼，伸出手就要拿過對方手中的箱子，「你好好休息，我幫你扔啦。」

石詠哲連連後退，「不、不用了。」

「別客氣啦。」

「真的不用了。」

「……你是不是還在生我的氣啊？」

石詠哲拚命搖頭，「沒有！」

「那就把箱子給我啊。」

「真的不……」

不出意料的，這麼一番推搡後，箱子成功的被翻倒在地上。

「……」X3

莫忘默默看著落了滿地的「不和諧」，深切的覺得：變態之類的詞似乎已經不足以形容自家小竹馬了，他早已超越這個範圍了好嗎？！

張姨扶額，瞧她都看到了什麼？這真的是她家兒子嗎？也、也早熟得太過分了吧？她都快不認識了！

石詠哲整個人都不好了：不是這樣啊！真的不是這樣啊啊！！真的真的不是這樣啊啊啊！！！！！！！

可問題是，這種事讓他怎麼解釋才好哇？！

簡直不知道該說些什麼啊！

唯一知道的就似乎——絕對不能讓她走掉！

否則真是絕交的節奏好嗎？！

如此想著的少年下意識抓住少女的衣袖，不遠處的母親看著這一幕，左看看右看看，決定默默繞過他們離開，順帶很貼心的把門關上了。

房中的氣氛一時之間凝滯了下來。

片刻後，莫忘想抬手扶額，發現這隻手被抓住後，換了隻手扶額，說：「說了會給你解釋的機會，說吧。」

石詠哲感動得那叫一個熱淚盈眶啊！

說話算話的小青梅，必須按讚！

這種時候，石詠哲哪裡還會顧及自家老爸的形象啊！反正自家老爸本來就那麼猥瑣，他直接說出來哼！

而莫忘的臉，越聽離「囧」越近。

石詠哲＆莫忘：這都叫什麼事啊喂！！！

最終，那一箱子「收藏品」被小竹馬當著自家老媽的面原物奉還，至於該怎麼解釋，那就是老爸的事情了！

而莫忘也非常明智的把這件不該知道的秘密忘了個一乾二淨，順帶好好教育一下自家那幾隻缺乏常識的守護者——不該看的東西別看！不該知道的東西別知道！

但是，她同時也很清楚，越不被允許知道，就越想知道……

所以！

她決定帶小竹馬和所有守護者看一次「知識講座」。

專門威脅拜託已經成年的艾米亞去書店買來的教育光碟片，再加上從小竹馬那裡借來筆記型電腦，開工！起碼不會再有人問她「孩子是怎麼來的」了……咳，其實她自己也長了見識來著。

比起什麼都不知道，一知半解有時候也許才是最可怕的。

★◎★◎★◎★◎

很快，週末到了。

揹著裝滿了東西的包包，莫忘帶著賽恩與前去遊玩的勇者大人及小夥伴，一起進入了魔法陣，艾米亞與瑪爾德則留了下來——這也是事先就商量好的，防止有人趁他們不在而破壞魔法陣，所以會留下一個到兩個守護者看守。

瑪爾德正興致勃勃的研究這個世界的植物，而艾米亞表示自己才來幾天根本懶得回去，事情就這樣敲定了。

走出魔法陣時，艾斯特與格瑞斯已經等在了那裡。

艾斯特眼眸深深的看著莫忘，「陛下。」

格瑞斯激動到差點撲上來抱住她的大腿，「陛下啊，五十天的等待……終於又一次見到您了！」

「陛下……」

莫忘：「……別、別這麼肉麻啦。」對她來說只是區區五天而已，壓根察覺不到什麼感動啊！咳，這麼想會不會太無情了？

「我知道了、知道了！」莫忘扶額，「格瑞斯，我有帶禮物給你哦！」掏包包，「你喜歡吃的零食，還有……」

「陛下！」撲，抱住大腿！

莫忘：「……」喂喂，感動成這樣真的沒問題嗎？

石詠哲嘴角抽搐的注視著正流著寬淚的紫髮青年，最終還是決定無視——這種蠢蛋絕對不可能成為他的威脅！

有著一頭俐落銀色短髮的青年含笑注視著眼前的一切，在女孩的示意下站直身體，由衷的說：「陛下，您看起來依舊這麼健康真是太好了。」

「……嗯。啊，對了，艾米亞他說這次不回來了。」說完，莫忘才發覺自己似乎說了句廢話，人沒出現，肯定是沒回來啊。

「是嗎？」艾斯特一點也不奇怪的點了點頭，「這段時間他給您添了不少麻煩吧？」

「還、還好吧。」莫忘想著想著，笑了，「他幫我照顧兔子，還照顧得挺好的。」看那兩隻兔子歡樂的在他臉上蹦躂就知道。

艾斯特的臉色奇怪了一瞬，顯然，他不認為自家弟弟是能做那種事情的人，但隨即因為想到了什麼鎮定下來，眼神溫柔的說：「能幫上您，是他的榮幸。」

「別這麼說啦，我又沒做什麼。」除了欺負他之外……咳！

艾斯特眼神含笑，沒有再說什麼。

——陛下，您所做的，比您所知的，要多得多。

至少從前的艾米亞肯定不會做那種事，也很少會設想他人的心情，現在也算是……晚來了二十多年的成長嗎？真是讓他這個做哥哥的既欣慰又心酸——沒有教育好弟弟，始終是他應該擔負的責任。

好在，一切都還不晚。

同時他也明白，艾米亞知曉自己心中所想——想要趁此機會一舉拔除那個神秘的組織。在那之前，他不希望自己的弟弟受到任何傷害；而艾米亞也正是因為明白了這一點，才沒有回來。

這種類似於逃避的「戰略退讓」，過去的艾米亞從來不屑於去做，現在居然主動做出了選擇，真是……

——嗯，弟弟在陛下的關懷下長大了。

哥哥欣慰的想著。

於是，他也就決定不細究魔王陛下的關懷方式究竟是怎樣的。

★◎★◎★◎★◎

規律無比的日子就這樣不斷流逝著。

大概是因為每一天都過得很快樂的緣故，莫忘總覺得時間跑得飛快，她都快跟不上了，只能一路狂奔著追逐它的身影。

而在這樣不斷的追尋中，期末考臨近了，寒假即將到來。

用學生們的話說，這是「黎明前的黑暗」。

尤其可惡的是，老師們恨不得在期末考前兩、三週就開始恐嚇他們，每次上課都要提一句：「再過不久就要考試了，複習好了嗎？考不好的話……嘿嘿嘿！」

可憐的學生們明知道這是赤裸裸的恫嚇，卻不得不夾著尾巴努力唸書——考試成績直接關係到壓歲錢的多寡好嗎？經濟大權掌握在其他人手裡就是這麼苦命！

相較而言，莫忘就要輕鬆許多。

老爸老媽因為……弟弟或妹妹的緣故，今年不會回來，但是壓歲錢會準時匯到她的銀行帳戶裡。而石叔和張姨對她特別好，哪怕她考倒數第一，也絕對會拍著她的頭說：「做得好！這樣就有更多的進步空間了！」

對於這一點，石詠哲那傢伙一直超級羨慕嫉妒恨。

唯一苦惱的是……

壓歲錢，是長輩給晚輩吧？

這麼算來的話，她似乎要給守護者們壓歲錢啊！誰讓自己輩分大呢？

莫忘默默腦補了下那一大群青年、少年穿著大紅色的衣服，跪成一排抱著她的大腿各種求紅包，真心覺得這就是所謂的「痛並快樂著」啊！

「嘿嘿嘿……」

想著想著，不自覺笑了。

笑著笑著，不自覺醒了。

醒了才發現……自己正在吃飯呢，咳！怎麼說呢？略、略丟人啊！

莫忘察覺到艾米亞那像看「傻子」一樣的眼神，默默的低下了頭，拿起不知何時已經放到面前的碗，扒飯。

「陛下，是想到了什麼開心的事情嗎？」解下圍裙走到桌邊的艾斯特有些好奇的問道。

「咳，算、算是吧。」

「是怎樣的事情呢？」

「咳咳咳……」那種事怎麼可能說出口？說出來說不定艾斯特真會去買紅色的衣服！她急道：「吃飯，菜都涼了。」

艾米亞：「……」

同樣在扒飯的格瑞斯歪頭說：「菜才剛端上來呢。」

沒錯，這次留守在魔界的是賽恩和瑪爾德。

莫忘：「……」

艾斯特問：「陛下是想到了寒假的事情嗎？」

除去目前身為學生的賽恩外，還是當過教師的艾斯特瞭解學生的「喜悅點」——在上次去魔界救人前，他很負責任的先辭掉了教師的工作，正式成為無業遊民。

「嗯，差不多吧。」莫忘點了點頭，這可不算撒謊。

「說起來，陛下的假期期間，正好也是魔界的過年時期呢。」

「哎？是嗎？」莫忘掐指算了算，「真的呢！」

這也是莫忘覺得奇怪的地方，魔界居然也有「過年」的習俗呢。唯一的差別是，這個世界的過年是因為趕走了「年獸」，而魔界的過年是因為趕走了「史上最凶惡的勇者」，這個……咳咳咳！

「陛下，要回去和您的臣民們一起慶祝嗎？」

「……又、又要開宴會嗎？」救命！她到現在都完全不適應那種場合好嗎？！

「不會再像上次那樣麻煩了。」格瑞斯說道，「您只要端著酒杯對著人微笑就可以。」

「是、是嗎？」

格瑞斯點頭，「嗯，上次主要是讓他們在您面前混個眼熟，這次再來這樣就是他們不識趣了，誰敢那麼做，您就讓衛兵們把那人丟出王宮。」

「……」喂！

「如果陛下實在不喜歡那種場合的話——」格瑞斯補充道：「可以在那之後開個私宴，只讓熟識的人參加。」

「可以這樣嗎？」

「當然。」格瑞斯肯定的點了點頭，「您可是魔界之主，可以隨心所欲做任何事情……嗯，包括不讓這傢伙參加私宴。」指。

艾斯特：「……」

莫忘：「……」所以說，他到底是有多討厭艾斯特啊？

艾米亞輕嗤了聲：「口中還吃著別人所做的飯菜的人，真的有資格說這樣的話嗎？」

「你說什麼？」格瑞斯怒。

「我說，口中……」

「好了！」在兩人再次打起來之前，莫忘果斷的喊停，「吃飯、吃飯！飯菜都涼了！」

兩位青年互瞪了一眼後，才分別吃了起來。

沒錯，艾米亞和格瑞斯的關係簡直糟透了！把這兩個傢伙放在一起真是個悲劇啊！

莫忘長舒了一口氣，與艾斯特交換了一個無奈的眼神，而後者突然開口：「說起來，既然寒假要到了，那麼陛下您的生日也要到了吧？」

「……嗯。」莫忘點了點頭，「是啊。」說起來也真是巧，爸爸媽媽的第二個孩子……生日也差不多是那個時候吧？

「咦？是這樣嗎？」格瑞斯驚，「我怎麼都沒聽說？」

艾斯特淡定的回答：「當教師時，我查看了學生們的資料。」

「……你這個卑鄙的傢伙！」

艾米亞涼颼颼的補刀：「不夠關心陛下是你自己的錯吧？」

格瑞斯果斷的又怒了：「你這傢伙……」

「好了，吃飯、吃飯！」

莫忘與艾斯特再次交換了無奈的眼神，說什麼都能吵起來到底是個怎樣的節奏啊？她嘆了口氣，深切的覺得想讓某些人不說話的話，她自己就必須不停的說話，於是開口說道：「準確來說，我的生日是個悲傷的日子。」

「啊？」

「為什麼這樣說啊？」

兩個原本還在互瞪的小夥伴來了興趣。

「因為是正月十五啊。」莫忘痛苦的望天，「一過完就要去上課了，弄得我每年都不想過生日了。」相比而言，「阿哲那傢伙幸運多了，他的生日剛好是正月初一，過完年的第一天。」拿完壓歲錢就拿生日禮物什麼的，也太幸運！而且，說到底他們的生日也就差十來天而已，他老是「以大欺小」，混蛋！氣死人了！

「這麼說，陛下您和勇者大人的生日——」格瑞斯感興趣的問：「剛好是正月……是叫這個沒錯吧？」得到肯定後他再次說道：「那就是春節的開始和結束嗎？」

「是啊。」莫忘點了點頭。

「真是太巧了。」

「是啊。」莫忘再次點頭。

「真好啊。」格瑞斯滿臉憧憬，「我也想那個時候過生日啊。」

莫忘：「……」這種事情就算想也沒辦法改變了吧？！

★◎★◎★◎★◎

飯後，各人分別做起自己的事情。

莫忘去隔壁找小竹馬一起複習，想過個好年這是必須做的事情！雖然……老是被人說蠢蛋有那麼一點點不爽。

格瑞斯則開始看起電視，最近他迷上了一部古裝偵探電視劇，每天一集不落的看不說，還想去買整套光碟收藏……雖然家裡沒有播放器。

而艾米亞……默默的端起兔草去餵兔子。

經過這段時間的飼養，黑兔子和白兔子對他的態度稍微好了一點，起碼已經不再會隨便咬人了，改成踹他了……咳，但是！這應該也算是一種進步吧？

這不，看到艾米亞過來，兩隻越來越肥的兔子從籠子中蹦躂著跳到他腿邊，肥嘟嘟、毛茸茸的屁股往腳背上一坐，抬起兔腿，踢！

艾米亞習慣成自然的蹲下身，將兔籠邊的巨大食盆拿過來，再將手中拿著的食糧放進食盆，一手抓起一隻兔子，塞進去！

兩隻兔子：噝。

他時不時揉揉兩隻暖呼呼的兔腦袋，臉上緩緩浮現出一絲柔和的笑意，乍一看去，這笑容和艾斯特的笑其實很像——不愧是兄弟。

但很快，他斂去了笑容，頭也不回的說：「哥哥，你什麼時候變得那麼鬼鬼祟祟了？」

「只是不想打擾你而已。」艾斯特站在他身後，靜靜的說道。

「有事直說。」

「這次之後，一起回去吧？」

「……」

蹲在兔籠邊的艾米亞沉默片刻，有點不客氣的說：「回不回去，用不著你幫我下決定。」

站在他身後的艾斯特眼神有點無奈，說：「我知道，所以只是在提議而已。」

「我會考慮看看的。」

「嗯。」艾斯特點頭。

緊接著是一片沉寂。

兩人就這樣安靜的一蹲一站，直到艾米亞再次開口：「你怎麼還不走？」

「我在等你問我。」

「……嘖！」艾米亞輕哼了聲，毫無疑問，世界上最瞭解自己的就是這個人，所以對方說的話的確是他心中所想，「要我回去親自動手嗎？」

即使知道對方看不到，艾斯特依舊搖了搖頭，「暫時不需要。」

「是嗎？」

「嗯。」

寥寥數語，卻足以讓艾米亞對現在的狀況心知肚明。既然他被允許回去，那麼毫無疑問，魔界的麻煩已經大致平息了下來。算起來，這邊一個月，那邊就是將近一年，卻還只是「暫時」解決嗎？

但即便如此，他能回去就表示已經安全了。也就是說，能夠追尋到的絕大部分罪人已經全部伏法，卻依舊有人隱藏在暗影中嗎？連哥哥都沒有抓住的人，究竟是怎樣的傢伙？

不只艾米亞好奇，他的哥哥也同樣如此。

在艾米亞離開魔界後，艾斯特花費了半年左右的時間仔細調查，終於在兩個月前悍然發動獵網，被列入名單的嫌疑人無一漏網的全數被抓，但即便如此……他卻直覺所謂的「主謀」並非真的是「主謀」。

雖然對方供認不諱，證詞也無可挑剔，但他總覺得有哪裡不對，這是一種沒來由的直覺。

他很相信自己的直覺。

之後他又探索了兩個月，卻依舊一無所獲。對方很小心，不會輕易露出馬腳，所以哪怕他再怎麼努力恐怕也是沒有作用的。唯一的方法只有……等對方再次開始活動。

這無疑是個壞消息，但也未必沒有好處，至少艾米亞終於可以回家了，而家中……還有個大大的「驚喜」在等著他。

第五章

守護者的偽裝很糟糕

放假前的時光總是過得很慢，尤其是考試的那三天，真心讓人淚流滿面。考九科什麼的太虐了！還沒全部考完成績就出來了什麼的太虐了！路過辦公室老師對人陰森森笑什麼的太虐了！爸媽一邊做大餐一邊對人和藹笑什麼的太虐了！

總之，最終大家都被虐成了抖M！想著「伸頭也是一刀，縮頭也是一刀」，就死豬不怕開水燙了。而當最後一科考試結束的鈴聲響起，監考教師們將桌上的卷子全數收走後，無數歡呼聲終於響起！

「解放了！」

「出監獄的感覺啊！」

「萬歲！」

正當所有人歡喜雀躍之際，年輕的班導師孫欣如默默飄了進來。毫無疑問，這學期她已經將領導方針從最初的溫柔鍛鍊成了凶狠：「同學們，現在我們開始發寒假作業，回來之後會檢查，要記得做哦。」

「……」X了個N。

「對了，提前祝大家寒假愉快。」孫欣如微笑道。

「……」那種順帶的語氣是怎麼回事？而且……現在還怎麼愉快的起來啊混蛋！

「哦，對了，成績單會郵寄到各位的家中，請記得查收。」孫欣如繼續微笑。

「……」老師，這是玩死人的節奏嗎？！

所謂的「敢怒不敢言」說的大概就是這種情況吧。

總、總之，寒假就在這樣一個苦命的情況下開始了。

「啊啊啊！我要死了！」從來都是唸書苦手的蘇圖圖淚流滿面的趴倒在桌上，開始了每考一次的打滾行為。其實她腦子並不笨，只是放了太多心力在唸書之外的事情上，會悲劇也是理所應當。

永遠把希望寄託在「臨時抱佛腳」上注定悲劇。

莫忘嘆了口氣，「所以說，下學期妳真的不能再這樣了。」

「小忘，妳怎麼可以這樣說……」TAT

長髮女孩林樓歪了歪頭，「同感。」

「對吧？」

「我是在支持小忘。」

「……小樓妳怎麼可以這樣！」TAT

有蘇圖圖這樣悲傷痛苦的，也有賽恩這種樂觀無比的。

「賽恩，這次考得怎麼樣？」有同學問。

賽恩自信滿滿的說：「還不錯吧。」

「真的？」

「嗯，我把卷子都填滿了！」

「……又用『對不起』？」

「不。」賽恩燦爛笑，「這次用的是『學這個的時候我正在請假』。」

「……兄弟，你厲害！」

還有石詠哲這種資優生淡定黨。

「阿哲，這次的目標又是第一嗎？」

「誰要這種無聊的目標。」

「……」因為是理所當然的事情嗎？可惡！

更有……

咳，這也算個微型的「眾生百態」吧？

莫忘微笑的注視著這一切，她是真的真的很享受現在的生活，就像校長大人之前某次說的那樣——

「等你們長大後再回想，再沒有哪一段日子會比高中更難忘，一群人朝夕聚集在一起，為了同一個目標而奮鬥，沒有過多複雜的關係，沒有過多利益的糾紛……就算在當時看來再嚴重的事情、再激烈的爭吵、再惡劣的關係，若干年後再回想，大多數人的嘴角都會勾起一抹笑容。因為那是一旦流逝就再也無法回去——最寶貴的青春。」

雖然直到現在她還是無法完全理解他的話，但是，她覺得自己應該珍惜這樣的時光，起碼要盡可能的留下更多更多的美好回憶，以便未來……長大後或者變老後，能慢慢的含著笑回想。

不過，現在想那麼久以後的事情，會不會太早了呢？

話說，居然會想這麼嚴肅的事情，她的心理是不是已經開始變老了？

——住、住手！一定是格瑞斯和艾米亞的錯！天天當管委會大媽搞調節什麼的太催人老了啊喂！

默默的對兩人記上一筆後，莫忘收拾好東西，開心的準備往家裡跑，卻看到班級門口有個熟人正衝她擺手，一邊擺還一邊嚷嚷：「喲～真巧啊！」

「……」莫忘無奈的走出教室，盯，「真的是巧合而不是刻意嗎？」

「啊哈哈，被發現了嗎？」

「喂！」

莫忘很是無語，自從身體漸漸好轉後，某人也越來越歡脫了，從差點把她家當成他家，到不分時間地點的突然冒出，真是太沒禮貌了！不過……她似乎從沒在他身上感受過節操這種東西……嗯，都習慣了！

「學妹啊，嘿嘿嘿……」

莫忘搓了搓手臂，警惕的看著對方，「你想做什麼？」這傢伙到底有什麼詭計？

「咳，也沒什麼啦。」

「……再見！」

「哎，等一下！」陸明睿一把按住莫忘的肩頭，無奈道：「妳的耐心越來越差了啊。」

莫忘雙手環胸，很不客氣的說：「是你越來越愛賣關子了吧？」

自從上次之後，她和陸學長之間的關係似乎要親近了不少，雖然知道這傢伙其實並不像表面上看起來那麼開朗，但他們說到底只是普通朋友，她也沒什麼資格要求對方展現出全部真實的自我不是嗎？只要確定他不含惡意就夠了。

「咳咳咳！」陸明睿猛咳了兩聲，「我說，過幾天是子瑜的生日哦。」

「哎？」莫忘愣住，「是穆學長的生日嗎？」

「嗯，他們家過農曆生日，子瑜剛好是臘月二十四那天，也就是小年第二天。」

根據地區的不同，小年夜的習俗也不同，大多在臘月二十三或二十四，而莫忘所處的城市無疑是前者。

「……這樣嗎？」

「嗯。」陸明睿點了點頭，「我想，他大概會邀請妳一起去。」

「這樣啊……」

「妳如果不想去的話，趁早避開比較好哦。」陸明睿提議說。

「……為什麼這麼說？」莫忘愣了。

「因為可能會見到他的家人。」陸明睿攤手，「雖然背後說這種話有點無禮，但那些人並不是什麼好相處的類型，和子瑜表現得太熟稔的話，就要做好被刁難的準備哦。」

「……」莫忘沉默了片刻後，苦笑，「你說得太晚了。」

「什麼？」

「前幾天，穆學長就已經對我說務必把這一天空出來，我以為他有什麼重要的事情需要我幫忙，就答應了。」沒想到居然是這件事……

「他還真是成長了啊。」陸明睿笑了笑。最近因為其他事的緣故，他多多少少忽略了這位朋友，沒想到對方居然悟出了「先下手為強，後下手遭殃」的道理，該說是一種進化呢？還是對方勢在必得的想法太強烈了呢？

但是……他很清楚，對方在這位學妹的身上必然會遭遇滑鐵盧。

因為……她看起來還完全沒有開始想這種事情啊！

比起玩弄小手段，直接說出來對她的衝擊也許會更大也說不定。但同時，陸明睿很清楚穆子瑜絕對不是能做出這種事的人——因為他太驕傲了。

所以永遠只等著別人主動來說，而他被動的接受就好。

這樣彷彿就能站在上風。

某種意義上說，這種驕傲又何嘗不是一種不確定的自卑感？

「嗚哇，我的錢包又要出血了！」比起陸明睿，莫忘擔心的顯然是另外一回事。她默默掐指算了算，過年時的紅包、阿哲的生日禮物，再加上……吐血！沒活路了啊啊啊！

「……也不需要送什麼珍貴的東西吧？」陸明睿很無語的說，「只要是妳送的，我想他都會很開心的接受。」
「那也不能太隨便啊！生日可是一年一度的重要節日！」
「不然，我借錢給妳？」
「……不用了。」莫忘果斷的選擇了拒絕。
「為什麼？」
「你一看就是會加利息的類型。」
陸明睿噴笑出來：「啊哈哈！被發現了啊？」
莫忘：「……」發現不了才怪吧？

之後，果然如陸學長所說，那天真的是穆學長的生日，而他約她也是為了這件事。
對此，莫忘稍微有點煩惱，因為慶祝方式似乎是她最討厭的宴會！那就意味著她必須穿上禮服和高跟鞋！啊啊啊啊啊！真是太讓人痛苦了！
對此，小夥伴們也是反應不一。
艾斯特堅定的說：「無論您做出怎樣的決定，我都會跟隨其後。」
艾米亞嗤之以鼻：「那種場合不想去就直接無視掉好了。」
格瑞斯激動不已：「陛下！請務必讓我幫您挑選從內到外的衣物！」
石詠哲醋海生波：「……理那種傢伙做什麼？直接無視就好了！」

布拉德捂嘴偷笑：「男人嫉妒的臉孔可真難看呢。」
薩卡舉爪子補刀：「是啊。」
尼茲推了推眼鏡：「原來如此。」
尤雅：「……撞殺你們這群說我聽不懂話題的人！！！」
於是，可以預見，穆學長生日那天，肯定會相當熱鬧的！

★◎★◎★◎★◎

穆子瑜的生日很快就來到。
事後莫忘得知，穆學長親自邀請的果然只有她，其餘人都不在其中。她也實在不好意思做出「拖家帶口、甚至帶寵物」的事情，好在陸學長說他也會去，這讓她稍微安心了些。
並不是膽怯，而是偌大的場地中，抬眼望去都是陌生人，實在是讓人有些難以適從。
而這期間，她家小竹馬也是不遺餘力的試圖遊說她改變主意。
比如──
「那傢伙肯定沒安好心。」
「……」大庭廣眾之下學長能做啥？
再比如──

「不如我們提前去魔界玩？」

「……」以前可沒看他那麼喜歡魔界。

再再比如——

「妳可是魔王，這種無聊的宴會回去後想開多少場就能開多少吧？」

「……」像這樣教唆她真的沒問題嗎？

到最後她只能說：「請你放棄那蹩腳的遊說吧，答應別人的事情我怎麼可能會反悔。」

「……」哼！就知道她不會答應，好在……

而莫忘不樂意去的原因還有一個，就是必須要穿上讓她覺得非常不舒服的衣服鞋子！在把格瑞斯不知從哪裡摸出的衣服 PASS 了千百回後，她終於找到了一件款式簡單的高領束腰黑裙，據說質地是一種叫做「墨紗」的布料，看起來與雪紡有點像，卻更加輕靈飄移，細看之下會隱約閃爍著些許流光。裙子剛剛過膝，沒有任何裝飾。

倒是莫忘的左手手腕上，戴著一只與裙子同樣質地的黑色紗環，其上裝點著一朵白色的花——凡諾爾。

這與她頭上所戴的王冠相映成輝——因為王冠可以說是魔王陛下的獨有象徵，所以她一直隨身攜帶著。在刻意歪戴的、滿是凡諾爾藤蔓的冠冕上盤起烏黑的長髮，只露出些許銀環與那塊黑白交雜的漂亮晶石——除去展示身分外，它作為裝飾品也是完全可行的。

拒絕化妝的莫忘坐在凳子上穿上白色的坡跟小皮鞋，不得不說，這真心讓她覺得鬆了口氣，起碼這種鞋跟不會導致她摔跤！

「陛下！」格瑞斯雙眸閃閃的走過來，雙手提著一件毛茸茸的白色小外套，「待會出去再披上這個吧？」

「嗯。」這種天氣的確是需要的，話說幸好家裡有暖氣，否則只這麼一會兒，恐怕她的腳丫子都會凍僵了！待會出去可怎麼辦啊？QAQ

「這是兔子毛嗎？」艾米亞不懷好意的看著地上的兩隻兔子。

果不其然，黑兔子和白兔子立刻用三白眼瞪著格瑞斯，目光那是相當不善啊！

「當然不是！」格瑞斯冷哼了一聲，「我怎麼會拿陛下同族的皮毛來做衣服呢？這是魔獸的皮毛！」

莫忘：「……」雖然狀似是在解釋，但更說出了非常不妙的話好嗎？這樣真的沒問題？

「陛下，真的不需要我們陪同嗎？」

「不用啦。」莫忘笑著說，「艾斯特，別擔心，陸學長也在啊。」

「……是。」

緊接著，陸明睿又給了莫忘一個驚喜，他居然跑來親自接她。

★◎★◎★◎★◎

揮別小夥伴坐上車後，莫忘毫不猶豫的對陸明睿按了個讚，「學長你真是幫了大忙！」

「不用客氣。」平時一直穿著隨意的陸明睿今天也換上了一套深色條紋西裝，看起來既正式又隨興，與他的風格很是相搭。小辮子也依舊梳著，髮尾綁著莫忘送的那條綴了不少小粒茶色水晶的髮帶，「這也是子瑜的提議。」

「啊？」

「我帶妳進去會省下一些麻煩。」

「哦。」莫忘點了點頭，禮貌的沒有過多詢問，轉而好奇的觀察起車子內部，雖然不太懂這個，但也隱約覺察到，「原來陸學長你也是有錢人啊。」

「被妳這麼誇總有種微妙的感覺呢。」

「啊？」

陸明睿瞥了一眼前方的司機，笑嘻嘻的用口型說：「富有一國的魔王陛下什麼的。」

「喂！」

陸明睿又問：「喝飲料嗎？」

莫忘思考了一下，「唔……」喝多了水，萬一想上廁所該怎麼辦啊？

「有熱牛奶哦。」

「唔……」

意識到了什麼的陸明睿壞笑道：「沒關係，進去後我會先把**地形**向妳說明清楚。」

莫忘吐血，「不用了。」

「真的？」

「真的！」

陸明睿噴笑出聲，不知從哪裡摸出了一瓶熱牛奶塞到莫忘手中，「別傲嬌了，先喝點暖暖身，到子瑜家下車後還要走一段路的。」

「……房子那麼大嗎？」

「算是吧。」陸明睿攤了攤手，「如果是平時的話，我可以一路狂飆到他家正屋門口，但今天怎麼說也要給他點面子。」

「……」所以平時就不用給嗎？

就這樣，莫忘一邊小口小口抿著手中的牛奶，一邊「豎著」小巧的耳朵聽學長介紹穆家的基本情況。

司機偶爾透過後視鏡朝後瞥一眼，深切覺得自家少爺今天精神抖擻到有些嚇人的地步，而坐在他對面的女孩則看起來很是乖巧，讓人情不自禁想揉揉頭。他收回目光，努力抑制住打電話給老爺、夫人的衝動，集中精神開車。

一段時間後陸明睿停下話音，一口喝盡手中的熱飲，總結：「大致情況就是這樣了。」

相對於他的淡定，莫忘則很有點想抱頭的衝動，「不覺得複雜過頭了嗎？」被他那麼一說，穆學長的生活環境簡直可以用水深火熱來形容好嗎？

「總之，他們那一大家人，除去子瑜和他老爸，其他人有多遠就離多遠。」司機大叔嘴角抽搐，說得這麼離譜沒關係嗎？要是大小姐在這裡，恐怕已經開始猛扁小少爺了。

而後他看到，那位女孩乖乖的點了點頭，還道謝：「嗯，我記住了，謝謝你，學長。」雖然這話聽起來奇葩了點，但莫忘知道對方也是為了自己好，道謝是理所應當的事情。

司機：「……」這怎麼看都像被小狐狸叼回家的小白兔吧？

「不客氣。」陸明睿揮了揮手，很是隨意的說：「只是有備無患而已。今天妳名義上是我的舞伴，只要腦袋沒壞，正常情況下不會有人來找妳的碴。」

「……」所以來找碴的都是腦殘黨嗎？這傢伙還真是罵人於無形呢。

「總而言之，之後妳一步不離的緊跟我就對了。」

司機：「……」少爺您想做什麼？

「嗯。」

司機：「……」妹紙妳就這麼毫不懷疑的答應了？大叔糾結了。

車輛又行駛了片刻後，莫忘透過窗戶看向越來越偏僻的外面，問：「還沒到嗎？」車子已經開了有大約半個小時吧？

「還有一會兒。」陸明睿打了個哈欠，「知道南山莊園嗎？」

「南山莊園？」莫忘愣了愣，隨即搖頭，「不，不知道。」

「就是一群無聊的傢伙好好的市區裡不待，跑到郊區買下一塊地皮、蓋了一堆豪宅，然後奇蹟般的推銷給一群更無聊的傢伙，那裡就是南山莊園了。」

莫忘：「……」這傢伙的嘴炮技能好像真的挺高的。

司機抽嘴角：「……」小少爺，您家在那裡也有房屋好嗎？！

「說起來，石學弟的爺爺和外公家似乎在那裡也有房子。」

「哎？他們不是不在本市嗎？」否則阿哲也不會每次都要坐車去看人。

陸明睿聳聳肩，很自然的說：「對於那群無聊的有錢人來說，空間永遠不是問題啦。」

莫忘終於忍不住吐槽：「學長，這麼熟悉這些的你，真的有資格說這種話嗎？」

「當然。」陸明睿義正詞嚴的回答：「買房子的又不是我。」

「……」喂！

轎車又行駛了約十來分鐘，終於到達「南山莊園」附近。還未接近，莫忘就已經注意到了遠方的建築群，而後驚訝的發現，它們居然座落在一座四周滿是水的孤島上。

「那個是……」

「人工的。」

「……」

「所以我才說他們無聊，建房子就建房子，還弄這些花樣。」陸明睿指著那錯落有致的別墅群說：「有一座橋梁連通兩邊，半邊進半邊出，這頭和那頭都設有警衛亭，不過想在這裡工作也不容易，他們必須記住所有住在裡面以及臨時被允許進入的人的長相，以便隨時進行核查。」

他說到這裡時，車輛已經在橋梁頂端停了下來，一位警衛走了過來。

「學妹，請帖妳帶來了嗎？」

「啊？嗯。」莫忘低下頭，從攜帶的包包中拿出精緻的金色請帖，遞到了對方的手中。那名警衛拿起手中的儀器稍微掃描一下後，後退兩步朝車子行了個禮，不遠處的路障隨之升起，車輛繼續行駛。

在橋梁的盡頭，依舊設置著一座警衛亭，但那裡查驗的是出去的人，所以並未再次攔下轎車。

「真麻煩啊……」

「正常，錢多了就怕死，人之常理。」

「不過，這裡為什麼會叫南山莊園啊？」莫忘看了看四周，很是無語的說：「怎麼看都是南水吧？」

「應該這個繞島的湖。」陸明睿對此顯然很清楚，他仔細的解釋說：「開發前，它沒有現在這麼大，而且附近種了不少菊花，有個雅稱叫『東籬河』，所以這裡就叫南山了。」

「這樣啊……」

說話間，行駛了約四十多分鐘的車子終於停下。

陸明睿扯了扯衣襟，不等司機開門就率先下了車，而後繞到另一邊拉開車門，躬下身朝女孩伸出一隻手：「這位小姐，請問我有這個榮幸為您服務嗎？」

司機：「……」少爺，您到底怎麼了？！老爺、太太、大小姐，小少爺好像吃錯藥了哇！

陸明睿的動作不僅讓司機大叔適應不良，更讓莫忘的眼角抽了抽，但考慮到「要給點面子」的問題，她還是乖乖的借著他的手下了車。

陸明睿又稍微理了一下領帶，莫忘看到他的動作，連忙轉身找車鏡，卻又被笑了：「已經很整齊很漂亮啦，再打扮下去妳是希望今夜所有人都只看妳嗎？」

司機大叔：「……」老爺、夫人、大小姐都沒有的「甜言蜜語」技能，少爺到底是從哪裡獲得的？

莫忘則乾脆被雷得猛搓手，很無奈的說：「學長，很冷啊。」

「唔，這種時候為了展示紳士風度，我應該脫衣服給妳穿吧。」陸明睿摸下巴。

「……那你怎麼不脫？」

陸明睿笑咪咪的回答：「因為我也冷啊！」語氣聽起來可正直了，彷彿這是真理似的。

「……」喂！

「哎，妳的表情看起來很不滿啊。」陸明睿湊近，嬉皮笑臉的說：「不然我還是……」解扣子。

「這個真的不用了！」本來就只是開玩笑，誰會讓他真脫啊。要真對比起身體的話，她無疑比他壯實多了好嗎？要脫也該是她脫衣服給他穿。

陸明睿也沒有堅持，理平衣物後，他笑著對莫忘動了動手肘，「那我們走吧。」

莫忘點點頭，將細嫩的手塞入他的臂彎中，與其並肩向前走去。

「稍微忍耐一下，進去後就暖和了。」

「嗯。」她點頭，除下車的那一瞬間感受到衝擊外，現在真的已經好多了，不過，「真是太公平了。」

「什麼？」

「為什麼男生就可以穿的比女生多？」

陸明睿認真深思，緊接著認真的提議：「唔，不然我去換身草裙？」

「……你夠了。」她可不想和一個穿著草裙的男生一起進去！

「這也是沒辦法的事情啊！誰讓妳們愛美呢？」陸明睿總算說了點有建設性的話，「大部分女生總喜歡以最美的一面出現在人前。」

「真是美麗的代價啊……」

就這麼一路聊著天，兩人很快走過了那條燈火通明的道路，到達了正屋。門口依舊站著幾個保全人員，檢查客人們的請帖。

「害怕嗎？」

「……我為什麼要害怕？」

「呵，那就好。」是他疏忽了，怎麼說她也是「經歷過大場面」的人。

★◎★◎★◎★◎

潔白的燈光灑落了一地，微醺的暖氣撲面而來，讓人的整個身心都變得暖和了。將屋中的一切擺設和來來往往的人們照耀得閃閃發光，如果人們不是正端著各式飲品低聲談笑，簡直好像不是真人一樣。

兩人進入時，一些人的目光快速掃了過來。

莫忘的心稍微有些緊張，但隨即就淡定了下來，魔界那種萬眾矚目的情況都經歷過，這種小場面算什麼？再說，上次她是主角，這次她就是個小小陪襯，路過打醬油而已。

好在陸明睿也沒有什麼出風頭的想法，只帶著她朝一側走去，途中還手指靈活的從某位侍者手中的托盤上順下了兩杯飲品，順手遞到身旁女孩的面前，問：「哪杯？」

「柳橙汁就好。」莫忘說著拿了過來，卻只端在手中沒有喝。就這麼端了一會兒後，她不可思議的轉頭看向旁邊的陸學長，「你喝酒？」另一杯赫然是紅酒啊！

「嗯？」正準備喝的陸明睿愣了，「這不是很正常的事情嗎？我們國家的法律又沒規定未成年人不能喝酒。」

「不，不是這個問題！」莫忘皺眉的說：「學長，你還在接受治療吧？這種東西盡量少喝才對。」

「妳沒和我說過。」

「誰會想到你會喝酒啊！」莫忘無奈了。

「……好吧，我錯了。」陸明睿果斷求饒，「不過今天只是第一次，嗯，還沒喝到。」

「真是……」莫忘無奈的扶額，「也是我疏忽了，回去後我會拜託瑪爾德寫一份細節，然後……」她的話音戛然而止。

將酒杯順手放到一旁桌上的陸明睿安靜的等待了片刻，卻沒等到她的下文，好奇的轉回頭問：「怎麼了？」

莫忘回答的聲音卻很有些飄忽：「是、是我看錯了嗎？」

「嗯？」

「你不覺得那邊的幾個人有點眼熟嗎？」

陸明睿順著莫忘所看的方向看去，瞬間也囧然了。

不遠處的調酒臺上，一個調酒壺正繞著某位紫髮青年四處飛舞，圍在旁邊的一些年輕人趣味盎然的看著，有人甚至會叫聲好。

莫忘：「……」他是來賣藝的嗎？！

而擺放著各式自助餐的長桌旁，一位身穿侍者服的銀髮青年正一絲不苟的擺放著東西，將幾杯酒水擺放到托盤上後，他穩穩的將其舉起，朝那三五成群的客人走去。

莫忘：「……」他專門來這裡端盤子？！

——既然這兩個傢伙都來了，那麼剩下的……

「那邊。」身側的陸明睿突然輕輕碰了碰她的手肘。

莫忘應聲看去，只見一群樂手正持著樂器走到某個特意準備好的檯子上，有著漂亮淺青色髮絲的青年不知從哪裡摸出了一把小提琴，將其架到了肩頭之上。

莫忘：「……」加冕典禮上的位置還真是對得起他啊！

——等等，還有一個呢？那傢伙在哪裡？

懷著這樣的疑惑，莫忘東張西望，居然在場地的正中央找到了那傢伙，他正光明正大的站在那裡，卻沒有任何一個人注意到他。最為囂張的是，一位侍者經過時，艾米亞居然從他手中的托盤中拿起了一杯酒，把對方硬生生嚇了一跳，東張西望了片刻後，又揉了揉眼睛，而後腳步恍惚的飄走了。

莫忘：「……」那傢伙是來扮幽靈嚇人的嗎？！

「學妹，那裡是有什麼嗎？」

「你果然也看不到？」

「看不到，不過看妳的表情和少了一杯的酒，大致也能猜出，是那位總是蒙著眼帶的先生嗎？」

莫忘好奇了，「為什麼猜是他？」
陸明睿思考了一下，回答：「唔，總覺得他肯定會做出這樣的事情啊。」
「……你還真是瞭解啊。」
「哈哈哈！以心去感受世界嘛。」
「……」總覺得哪裡不對！
陸明睿饒有興趣的笑道：「呵呵，這麼看來，除了石學弟，其他人似乎都集齊了呢。或者說——」左右看看，「他正隱藏在某個角落裡等著震撼出場？」
「別烏鴉嘴了。」莫忘簡直想吐血，「現在的情形已經夠亂了好嗎？」
雖然知道他們也是擔心自己，但是不管怎麼說也憂心過頭了……簡直到了杞人憂天的地步吧？平時上街老是跟蹤也就算了，現在居然不請自來的溜到其他人的家中，這樣真的沒問題嗎？
正糾結著，陸明睿再次觸了觸她的手肘，含笑說：「看，正主出來了。」
莫忘一抬頭，身著白色西裝的穆學長不知何時出現在了場中，正彬彬有禮的與到場的客人們打著招呼。不知是不是錯覺，她總覺得他的目光有意無意就會掃到自己所處的位置。
「那邊就是他名義上的母親。」陸明睿介紹道。
「那位穿著紅色裙子的捲髮女性嗎？看起來很年輕啊。」
「大概是因為那邊的燈光刺眼到朦朧。」

「……陸學長。」

「什麼？」

「你今晚吃了什麼奇怪的東西？」一說話噴出來的都是毒液啊喂！不過她也大致明白，陸學長似乎很不待見這位已有了三個孩子、看起來卻還頗為年輕的女性。

「妳不是什麼都不讓我喝嗎？」

這委屈的話音是鬧哪齣？莫忘很是無奈的把手中沒喝一口的柳橙汁塞到他手中，「這樣可以了吧？」

「謝啦！看到那邊的三人組沒？表情不可一世到讓人看著就想揍的那個是子瑜最大的弟弟穆子玨，那兩個長得很像的小不點是兄妹，男的叫穆子瑾，女的叫穆子玥。」

莫忘仔細看了一眼手牽手的男孩和女孩，輕聲問：「他們是雙胞胎嗎？」

「嗯。」

「都長得很可愛啊。」莫忘評價說。

陸明睿很是自信的說：「比我差點。」

「……喂！」

「好吧，比妳差點。」

「你夠了啊。」

看著穆學長還在和其他人打招呼，莫忘嘆了口氣：「你們這些人過生日可真累啊。」到底是來慶祝的，還是來受罪的？

「習慣就好。」陸明睿一口飲盡手中的柳橙汁，順帶將杯子放到過路侍者的托盤中，淡淡的說：「來的人又有幾個是真心祝壽的呢？說到底，這只是個供人交流和結交新夥伴的場合，僅此而已。」

「……」

「哦，對了，傳播八卦也特別的快。」陸明睿突然笑了，「妳信不信？如果子瑜待會請妳跳第一支舞，關於你們的事情明天就會傳到所有人的耳中。」

「……我和學長壓根沒什麼事情好嗎？」莫忘對此相當無語，緊接著又說：「而且，我敢肯定學長絕對不會找我跳舞。」除非想被丟出去，她現在的力氣又一次加成了好嗎？危險度提升什麼的傷不起啊！

「我們往左邊走。」

身邊的陸學長突然如此說道，莫忘疑惑了一下，但還是隨著他的動作行走著。

「好。」

跟隨著對方動作停下的莫忘更加疑惑了，「出了什麼事？」

陸明睿揚了揚下巴，「不出意外的話，找妳麻煩的人來了。」

她注視著不遠處走近的那人，有點懷疑的說：「不會吧？我壓根不認識他啊。」

「在那傢伙缺乏了重要物質的腦子中，世界上只分為兩種人：敵人和朋友。敵人的敵人是朋友，敵人的朋友就還是敵人。」陸明睿笑著，「很不巧，我們同時被分進了後者。」

莫忘：「……」

雖然心中無語，但隨著那人緩緩接近，她深吸了一口氣，鬆開了原本攥緊的拳頭。

陸明睿壞心眼的笑問：「學妹，害怕嗎？」

莫忘搖頭，「不。」

「那妳吸氣做什麼？」

「我有點激動。」

「……哈？」

在陸明睿有些驚訝的注視中，莫忘有些赧然的笑了，「還是第一次有陌生人從那麼遠跑來專門找我麻煩。」總覺得被重視到有點過頭的程度呢。

而後，她看到陸學長的表情變成了「囧」。

陸明睿抽搐了幾下嘴角，最終只說出一個字：「妳……」這麼英勇真是多多少少讓身邊的男人覺得挫敗啊！

不過說實話，陸明睿其實真的有點擔心，因為他很清楚身邊這妹紙的力氣有多大，萬一一個不爽……咳，有人就是進醫院的節奏啊！

但緊接著，他知道自己不需要擔心了。

相較於他，莫忘看得更清楚——穆學長的弟弟目標明確的經過場中央時，艾米亞那傢伙居然舉起了手中的酒杯，就那麼隨手往下一澆，最後他居然充滿惡意的把酒杯倒扣在了對方的頭上。

「啊！」穆子玨被潑了個措手不及！

能想像嗎？前一秒他還氣勢洶洶的想去找人麻煩，下一秒就被潑了一頭的酒液，再一扭動身體，一個酒杯就在他的身前砸了個稀巴爛。他那個怒啊！轉過身就揪住離自己最近的人的衣領，提起來大吼：「你……」而後瞬間萎了，「奶……奶奶奶奶奶？」

「噗！哈哈哈哈哈！！！」如果不是怕影響不好，陸明睿顯然想要就地打個滾，來表達內心的愉悅感。

「……那人真的是他奶奶？」莫忘抽搐了下眼角，注視著被那年紀不大、身材卻格外高大的少年提在手中的矮個子老年女性，只覺得無語萬分。

「嗯。」陸明睿擦了擦眼角的淚珠，「是啊，也是他們家的實際掌權者。」而後他肯定的說：「居然得罪了那麼兇殘的女人，那小子八成要倒楣了。」

「……」她需要為此負責任嗎？算、算了，總之她什麼都不知道！想到此，她猛地扯了扯身邊人的衣襬，「喂，你別笑了，小心把狼引來！」

「沒事、沒事。」陸明睿擺了擺手，「妳看其他人不也都在笑？只是比起我要稍微含蓄了一點而已。」

「……那是『一點而已』嗎？」人家只是微微抿了抿嘴角，看起來別提多文雅了，不像陸學長這傢伙……簡直是要用衣服擦地板啊！

莫忘無奈的左右看了一眼，拖著身邊的傢伙就往更深的角落裡走去。因為大部分人都將注意力放在場中，所以只有幾個人的目光掃到他們兩人身上，而後意味深長的笑了一下。莫忘當然沒注意到這件事，就算注意到了，八成也難以體會其中那「深奧」的含意。

倒是陸明睿有點嘴賤，一邊跟著走一邊嘀嘀咕咕：「喂學妹，別這樣啊，我很自重的。」

莫忘：「……」這和他自重有什麼關係啊？！

對上女孩疑惑又囧然的眼神，陸明睿接著笑道：「難道妳不是想把我抓到角落裡醬醬再釀釀嗎？」

莫忘大怒：「誰想那麼做啊！」而且那種賣萌的「醬醬釀釀」語氣是怎麼回事？聽著讓人更冷了好嗎？！

「真的不會嗎？」他疑惑了，擔心又糾結。

「……我對你這種類型的不感興趣！」

眼看著她炸了毛，陸明睿卻回復了鎮定，露出無知臉看人，說道：「學妹，我說的醬醬釀釀是揍人的意思啊，妳是不是理解錯了？」

莫忘：「……」

陸明睿壞笑：「哎嘿嘿嘿，學妹，妳的思想非常不純潔嘛～」

「……閉嘴！」

「學妹～」

「都說了閉嘴！」她踹！

「嗷——」

聽著身邊那傢伙的哀號，莫忘無奈的扶額，總覺得這傢伙越來越痞了，是她的錯覺嗎？如果這就是所謂「他們關係變好的標誌」，果然還是絕交比較好吧？這、個、熊、孩、子！

兩人就這樣一路撤到了角落裡。

對莫忘來說，這裡是個好位置，感覺不到他人的目光，卻可以盡情的觀察他人。

身旁的陸學長突然問她：「魔界的宴會是怎樣的？」

「那裡嗎？」她單手托著下巴，思考了片刻後，回答：「其實差不了太多吧？只是我的位置發生了變化。」不是站在場外，而是萬眾矚目的最中央。

「會膽怯嗎？」

「剛開始會，但到最後自己簡直成了『打招呼專用機器人』，只會機械性的微笑和說著同樣的話，哪裡還感覺得到這些。」

「這樣啊……」陸明睿聽著這樣的話，暗自笑了。子瑜不管是因為什麼理由而請她來這裡，看來都是個了不得的失誤呢——只不過讓她更為肯定一點——他們不是一個世界的人。在那個世界已經夠辛苦了，在這裡又怎麼會想重複去做同樣的事情。

但他什麼都沒有說，只接著問道：「說起來，學妹。」

「什麼？」

女孩側頭看他，漆黑的眼眸點綴著明亮的燈光，看起來有神極了。

「我一直覺得妳對子瑜的態度很特別，是因為什麼呢？」說到這裡，他狡猾的將話題一拐彎：「難道是因為喜歡？」

果不其然，女孩反駁了：「怎麼可能？」或者是因為，她壓根不覺得需要隱瞞。

自己內心早已肯定的事情再次得到了肯定，陸明睿還挺開心的。雖然不明白自己為啥會這麼開心的。

「因為穆學長曾經幫過我啦！」

「哦？是怎樣的幫助呢？」

「……秘密。」連當事人都不知道的幫助也是幫助，只是現在說出來多少覺得有點……咳，不好意思。當時的自己實在是……所以這種事情還是一個人默默的藏在心裡好了！

「哎？看來──」陸明睿故意拉長音：「有～姦～情～～～」

「才沒有那種玩意呢！」

「我覺得肯定有。」陸明睿摸下巴說。

「隨你怎麼說。」莫忘雙手抱胸，捂著小外套上軟乎乎的白色皮毛，輕哼了聲，「反正我是不會上當的。」

陸明睿隨即露出了一張失望的臉：「唉～好失望。」

「……」就算這麼說，她也絕對不會放棄立場！

好在陸明睿雖然好奇心旺盛，卻也絕對不是看不懂眼色、死纏爛打的人，所以很識相的沒有過多追問。片刻後，他開口說：「我去弄點吃的，妳有什麼不吃的東西嗎？」

「我嗎？不，我不太挑食。」莫忘搖了搖頭，隨即補充：「不過我喜歡吃肉。」

陸明睿露出大拇指，「戰友啊，我也是。」

「你還是少吃點比較好。」

「……」

「腥的、冷的、辣的、油膩的，都盡量少吃比較好吧。」莫忘笑著。

陸明睿：「……學妹，我怎麼覺得妳在報復我？」

「怎麼會？」莫忘露出和他剛才如出一轍的無知純潔臉，「我是在擔心你呀。」

「……那我吃什麼？」

「米飯加青菜！」

「……」他到哪裡去找這種東西啊？！

搖頭感慨「純白兔子變成了看似純白其實肚子黑漆漆的兔子」的少年默默飄遠，而幾分鐘後，終於和所有人打完招呼的正主走到了女孩的身邊。

「學妹，在看什麼？」

「……啊，穆學長，祝你生日快樂！」總不能說她在看陸學長在盤子裡放了多少肉吧，咳咳咳，太不文雅了！她一邊說著，一邊從隨身的包包裡拿出了一個包裝精美的小禮盒，遞了上去，「送你，生日禮物！」

「謝謝。」穆子瑜微笑著接過。

「唔……」莫忘這才想起了什麼，輕聲問：「是不是不該現在給啊？」學長來回晃了那麼久，手上卻什麼東西都沒拿，莫非……那些有錢人都是直接把禮金用匯款的方式？總覺得略羨慕啊……

聽到她的話，穆子瑜微挑起眉，「難道妳想拿回去再重新送嗎？」

「……啊哈哈哈，這樣不太好吧？」

「……」她還真的有這樣的打算啊？穆子瑜無語，好在他早就知道她從來不走尋常路，想到此，他抬起手晃蕩了下手中的小禮盒，輕聲問：「可以打開嗎？」

「當然！」

「上次是手杖，這次是什麼呢？」

「嘿嘿。」

「不會是禮帽吧？」

「那個裝不下啦！」莫忘毫不掩飾自己「真的有這麼想過」。

穆子瑜扯著蝴蝶結的手頓了頓，隨即停了下來，而且似乎沒打算繼續動作。

「不看嗎？」

「嗯，現在不是什麼好時機，還是留著晚上慢慢欣賞吧。」

「……也不是那麼值得重視的東西啦。」莫忘撓了撓臉頰，有點不好意思的說。

穆子瑜搖了搖頭，臉上浮現出柔和的笑意，「不，至少在我看來它……」話才說到一半，他發現女孩的目光已經落到了自己的身後。他瞇了瞇眼眸，正準備回頭，只聽到——

「哥哥。」

「大哥。」

兩個稚嫩的童聲同時響起。不久後，兩個手牽手的孩童走到了兩人的身邊。

穆子瑜神色微變，眼眸卻深了深，轉過頭去時剛才那種發自內心的笑意已然變回了公式化的範本，「有什麼事嗎？」

覺得自己有點多餘的莫忘安靜的後退，卻還是聽到了對方的話。

「奶奶找你。」

「奶奶在找你。」

「……我知道了。」一想起那位老人家，穆子瑜瞳孔微微收縮，不知為何心中泛起了些許不祥的預感。但即便如此，他卻無法說出拒絕的話語，只能努力的對莫忘露出了個笑容，輕聲說：「學妹，我暫時離開一下，待會回來。」

第六章

穆學長的生日很「熱鬧」

陸明睿曾經在暗地裡這樣評價穆子瑜——

「有些人，雖然看起來是如同被水草遮蔽住的深潭，但只要探手進去一摸，就會驚訝的發現，哎呀，原來只是個小水坑啊。」

之所以這麼說，倒並不是覺得對方膚淺，而是因為覺得穆子瑜這個人，撇開表面不談，內在其實出乎意料的單純。

這一點恐怕連當事者自身也沒有察覺到——他的情緒分區實在是簡單到了讓人淚流滿面的地步，要麼是喜歡，要麼是討厭，介於兩者之間的人少之又少。

大概也正是如此，之前他才會因為「對莫忘觀感奇怪」而覺得困擾無比，甚至在之後做出了類似於窘迫的尷尬行為，直到他終於確定清楚……喜歡比較多，嗯，是喜歡她。

再比如……他非常厭惡自己的祖母。

這是一位專制的女性。

拋去其他不提，她也算是一位值得敬佩的女性。在三十歲那年丈夫去世後，以雙肩承接下了家族的一切，並且帶領它一路發展到今天。大概就是因為早年喪夫的緣故，她對於唯一的兒子的控制欲簡直強到了極點，所以在兒子因為另一位女性而離家出走時，才會憤怒到了幾乎燃盡理智的地步。

有時候，穆子瑜甚至會想，哪怕不是母親，而是另外一位女性，祖母恐怕都不會答應他們的婚事，本性如此，難以變更。所以她和父親現在那位妻子的關係也好不到哪裡去——兩個女人因一個男人而引發的畸形的戰爭。

這種事和他沒有關係。

而在父母親終於分手後，這位老人雖然勉強接受了他，卻從未對他有過好臉色——對她來說，他是恥辱。

雖然雙方都明知道這一點，也知道對方知道，但當他們站在一起時，卻又裝作什麼都不知道，維持著一種虛偽的、矯作的、表面的和平，其下卻是暗流湧動。

「奶奶。」

比如此刻，他垂手低頭站在她的面前，不是因為謙恭，而是壓根不想再看她一眼。

「坐。」

「是。」

再比如下一刻，她讓他坐下，並不是因為心疼孫兒，而是因為這樣的角度比較方便身高較矮的她俯視對方。

房間裡的燈光很暗淡，在不需要辦公時她從來都是維持著這樣的光線，可以說，這是很多女人的共性——紅顏易老，而昏黃的燈光會讓她們臉上衰老的痕跡不會格外明顯。

但即便將燈光調到極限，即便梳上最合適的髮型，即便不斷使用一些醫學的小手段，她也已經老了，臉上厚重的妝讓肌膚無法順暢透氣，更讓她有點不太舒服，明知道這是「飲鴆止渴」，卻停不下來。雖然愛看她的那個人在很多很多年前就已經離開了，而小時候一直認真注視著她的那個孩子也早已將目光放到了他人身上……

坐在眼前的這個孩子，是多麼的年輕啊！雖然是男孩，皮膚白皙光澤，髮絲烏木般漆黑……明明是個恥辱，卻是家族中最好看的孩子，也是……長相最像那個人的孩子。

她一點點的注視著眼前的少年，努力忽略掉心頭的矛盾感，沉下聲、語調威嚴的說：「子瑜，知道我為什麼找你嗎？」

「……不，我不知道。」

祖母不太愉快的瞇了瞇眼眸，慢悠悠的說：「那個女孩子，是你請來的嗎？」

「……」穆子瑜貼放在膝頭的手指輕輕顫動，因為是他的生日，大部分人都是由他親自邀請而來，原以為將交給女孩的請帖混在其中不會被輕易發現，結果……還是被注意到了嗎？他垂下眼眸，努力讓聲音平淡而自然：「嗯，是的。」

「她和你是什麼關係？」

「學妹和學長而已。」穆子瑜話音微頓了下，接著說：「她曾經幫助過我。」但事實上，他也知道這樣的解釋是無力的。

「是嗎？」

「是的。」

祖母意味深長的說道：「希望只是如此。」

「……」

「我調查過她，你也肯定如此做過，那麼應該很清楚，她和你並不相配。」

「……」沉默無聲間，穆子瑜將頭低得更深，心口卻湧動著怒火——這種事情不需要妳來決定！

祖母眼角餘光掃過少年驀然變白的手指，聲線微寒：「我不希望再在這種場合看到她，你明白我的意思吧？」

「……我們只是朋友。」

這是他努力想要做出的抗爭，卻那樣的蒼白。

「你想重蹈你父親的覆轍嗎？」她當然不會相信他的話。

「……」

「我們家不可以再出現那種事情。」

「……」少年的胸口劇烈的鼓動著——哪種事情？令人羞恥的事情嗎？

「而你和你的父親也不同。」祖母壓低聲音，緩慢的說：「那時，我只有他一個孩子；而他，卻並不是僅僅只有你一個孩子。雖然在孩子中他最疼愛的人是你……」

「……」但他卻不是必需品，是隨時可以替代的傀儡，只需要按照他們所規定的道路行走就足夠，不可以有自己的想法，不可以有自己的意志，不可以……

「回去吧，不要再和她交談，我不希望我們家因為這件事而再次引人注目。哪怕你什麼都沒做，流言卻不會以人的意志轉移。」

呼吸彷彿停滯住了，他覺得開口是那樣艱難。但最終，他還是說出了話：「……是。」

他原以為對話會這樣就結束，卻沒想到對方話題一轉，居然提出了另外一個問題——

「之前和你王伯伯的女兒打過招呼了嗎？」

「嗯。」他點了點頭。

「你覺得那女孩怎麼樣？」

穆子瑜驀地抬起頭，直視向對方，臉孔上難掩驚駭，「……奶奶？」她的意思是？

「你沒猜錯。」祖母點了點頭，「你們的事情馬上就可以定下來了。」說話間，她的臉孔上擠出一抹笑容，在少年看來卻是那樣的殘忍，彷彿舉起屠刀走向死刑犯的劊子手。

「我……」

「這對我們家開拓北方市場有很大的好處。」

「……」

「我看得出來，那女孩很喜歡你，和她好好相處，對你的將來也會有不錯的幫助，即便最終無法繼承家族的事業，至少……」

「……」也不會從雲端跌落嗎？那他現在和身處淤泥中又有什麼不同？但即便這樣，他也是無法抗拒的。就像螳螂無法抵擋車輪。然而明知道如此，卻到底意難平，「喜歡我？她只見過我一面吧？難道喜歡的不是我這張臉嗎？」

祖母微微一愣，顯然沒想到他居然能說出這樣的話，但隨即又笑了，「那又有什麼關係？

喜歡臉也是一種喜歡。世事難兩全，別去貪求某些不應該得到的事物，那對你沒有好處。」

「……」

「出去吧，去請她跳舞，然後帶她到沒人觀察和注意到的角落裡聊天，讓今晚的她像公主一樣快活……就像你本來想做的那樣。」

穆子瑜握緊雙拳，他覺得現在的自己已經不需要隱藏情緒，因為一切的一切，都被這個老怪物看得清清楚楚。他就像穿著單衣站在北風中的旅人，除了寒冷和絕望外……什麼都察覺不到，什麼都做不到。

「你有什麼不滿嗎？」

「……沒有。」穆子瑜緩緩鬆開拳頭。

「那就去吧。」

「……是，奶奶。」

北風太寒太烈，孤身一人的他什麼都做不到。

離開那昏暗的房間，走到燈火通明的過道中時，他恍惚覺得自己似乎從一個世界轉移到了另一個世界，但這又有什麼區別呢？無論是明亮還是黑暗，本質都沒有改變——哪裡都是充滿了絕望與悲鳴的地獄。

痛恨別人的同時，也在痛恨著自己。

鄙視他人虛偽的同時，他自身也好不到哪裡去。

★◎★◎★◎★◎

再次走進會場時，穆子瑜的臉上已經重新掛上了慣常的笑容，他對著嬌俏的女孩微笑，衝微紅著臉的她伸出手，和她一起共赴舞池。

她看起來很開心，笑得羞澀而愉悅，偶爾甚至會不小心踩到他的腳，而後手忙腳亂的道歉。他用如湖水般清澈的眼眸溫柔的注視著她，彷彿包容了她的一切，美好或是過錯。

然而，倒映在湖面上的影子，卻永遠無法真正觸摸到湖心。只要稍微一陣風拂來，水面泛起漣漪，那倒影便會消散無蹤。

少年和少女很快成為了所有人目光的中心，人們驚訝或者微笑或者皺眉地看著他們的組合，暗自猜測著什麼、評估著什麼。

莫忘也在這群人中。

她好奇的注視著場中身影蹁躚的兩人，略帶羨慕的說：「跳得真好看啊……」

「要跳嗎？」和莫忘一起端著盤子猛吃的陸明睿笑著說：「我可以捨命陪君子的！」

「放過你自己的小命吧，它還只是個孩子。」天堂有路他不走，地獄無門他闖來……果然又是一個抖M嗎？話說回來，「那個女孩是穆學長的……咳咳咳嗎？」雖然沒說清楚，但她相信對方肯定能體會。

「為什麼這麼問？」

「因為她的表情看起來很幸福啊。」莫忘很自然的說，「我覺得她肯定很喜歡穆學長！倒是穆學長……好像笑得有點奇怪……是太開心了嗎？」

陸明睿：「……」

聽到前半句時，他想——自己的事情懵懵懂懂，對於他人倒是很清楚，這就是所謂的「當局者迷，旁觀者清」嗎？

等聽到後半句時，他又想——果然是個笨蛋。

不過，她既然沒意識到什麼，他當然也不打算提醒。更何況……

陸明睿微眯起眼眸，看到眼前的情形，也大致猜測到了現在究竟是個什麼情況。怎麼說呢？雖然明知道子瑜的確會做出這樣的選擇，但是當子瑜的確這樣做了，他還是覺得挺失望的。就像十年如一日的看著那個人走在同一條道路上，明知道對方還會一直走下去，他偶爾卻想著對方會不會在下一刻拐上一個彎呢？不料，他再次得到了否定的答案。

「陸學長？」

「啊？妳叫我嗎？」

「真是的，你發什麼呆啊……」莫忘無語了片刻，隨即有些八卦的笑著，「莫非……是羨慕嫉妒恨了？」一直盯著人家看什麼的，嘿嘿嘿！

「是啊。」陸明睿毫無羞恥心的承認了，接著厚顏無恥的笑，「不然，我們也一起？」

「喂，珍愛生命啊！」

「我知道的。」陸明睿點了點頭，「不過，那是在正常速度下吧。」

「啊？」什麼意思？

「如果放慢速度呢？」他伸出手，抓住莫忘的手腕，「比如像這樣。」緩步前行。

莫忘下意識的後退了一步，手腕微抖，卻立刻用理智壓制住想要「扔飛人」的衝動。

陸明睿得意的笑道：「看，完全沒問題。」

「……你知道我為了壓制本能有多辛苦嗎？」

「反正都辛苦一次了，不在乎再多辛苦幾次吧？」

「喂！」

話雖如此，被放慢了三倍速的舞她還真的沒有跳過，左右看了一眼後，她確定附近沒啥人關注著他們，又正逢好奇心爆棚，於是沒有推諉，反而興致勃勃的開始了「實踐」。

事實證明，這方法的確是有效的。

動作刻意放慢，留給她反應的時間就增加了，而也許是技能都升級到中等的緣故，在最初的不適後，她對於力氣的控制力也有加強，所以幾分鐘過後，陸學長還堅強的活著！

「這方法不錯吧？」陸明睿問道。

「……」莫忘沒說話。

「學妹？」

「……」

「妳怎麼不說話？」

「……」

陸明睿笑：「不會是感動到說不出話來了吧？」

這句話剛落，少年只覺得手腕一緊，隨即整個人就被甩飛了！好在「始作俑者」及時反應了過來，又跟扯風箏似的快速把他拖了回來。這一去一回之間，只花了不到三秒，在他人的目光中，少年的身影不過是飄忽了一下而已，只有當事者兩人知道剛才的情況是有多麼的危險。

陸明睿心有餘悸的說：「學妹，不用這樣報復我吧？怪嚇人的。」

莫忘更加無語的說：「別老和我說話啊！剛才一分心就……被嚇到的人是我才對吧！」

「哎？會這樣嗎？」

「當然！」

「那可真是不妙啊。」陸明睿摸了摸下巴，向來機智的他突然又想到另外一個好主意，提議道：「對了，那這樣如何？」

「啊？」還沒等莫忘反應過來，陸明睿突然上前一步，雙手攬住了她的腰，把後者嚇了個夠嗆。她連忙收起下意識舉起的拳頭，有些結巴的說：「學、學長你做什麼啊？」雖然明知道對方沒有惡意，但這樣做不管怎麼看都很奇怪好嗎？

「我是在想——」陸明睿擺出一副深思的臉孔，認真的說：「之所以能把人丟出去，是因為妳的手抓著我的手，那如果沒抓呢？」

「哈？」

「比如我像這樣抱著妳的腰跳，除非妳做出劇烈的扭腰動作，否則絕對不可能再把我拋出去吧？」

「……誰會突然做那種奇怪的動作啊？！」她又不是蛇精！而且，「你一個男生抱著女生的腰跳舞？也太奇怪了吧？」陽剛何在？！

陸明睿很是厚顏的說：「妳抱回來就不奇怪了。」

「……哈？」

「互相抱著跳舞很正常吧？」

「……不管哪裡都不正常好嗎？！」莫忘黑著臉把某人的賊爪子扯開，因為對方壓根沒怎麼用力氣的緣故，她很輕易的就搞定了，但心中的無語可是沒辦法快速消除的，「陸學長，你是在趁機占我便宜嗎？」

「怎麼會？」他用正直臉看她。

「……」弄得好像真是她想太多了似的。

「明明我是在給妳機會占我便宜。」陸明睿摸下巴，「從各種意義上說我都挺帥的？」

「……你夠了！」這傢伙真是厚顏無恥到了極點啊！

莫忘表示她已經不想搭理某人了！

兩人這樣的談笑，在其他人眼中明顯多出了些許其他的味道。

「嘶！」

「……對不起，弄疼妳了嗎？」穆子瑜敷衍的看向自己的舞伴。

女孩紅著臉微微搖頭，「不，沒事。」

「真的非常抱歉。」

「不，沒關係的。」

敷衍的安慰著舞伴的同時，穆子瑜目光漠然的掃過對方被他無意間捏紅了的手腕，再越過羞澀垂首的女孩，落到角落的兩人身上，那種親密的舉動是他從未經歷過的，那由衷發出的笑容更不是因他而生。

此時此刻的情形，似乎與萬聖節的那個晚上重合了。

他擁著一位面目模糊的女生共舞，而她在別人的手彎之中，毫不猶豫的、大方的將那燦爛的笑容贈給他人。

一而再、再而三……難道說這也是某種既定的命運嗎？

彷彿感應到了什麼，角落裡的少年回過頭來。

兩人目光相對。

短短的一瞬間似乎被無限放長了，以至於他們都清晰的感知到了對方的所知所想。

都是一愣後，陸明睿最先回過神來，微勾起嘴角，衝對方微點了一下頭；穆子瑜的瞳孔下意識的縮緊，臉色瞬間蒼白了起來。

電光石火之間，他明白了。

——陸明睿，你……

而這一切，卻並非只有他們兩人知曉。

看似寂靜的角落，其實一直吸引著某些人的目光，那裡發生的一切，又如何能夠逃得過他人的目光？

宴會還在繼續著，人們也還在歡樂的談笑著。

莫忘卻提著貼著銀色亮片的小巧包包，走到了寂靜的過道走廊中。如果非要問個原因的話，那大概是因為吃了含水量比較足的水果，所以……咳咳咳。

多虧了陸學長事先的「指導」，所以她不需要尷尬的去詢問就找到了目的地。

相比於正屋，走廊中雖然依舊有暖氣，溫度卻要低上了些許，她微微裹緊身上的外衣，忽冷忽熱之下最容易感冒了。而在她洗完手走出洗手間時，卻發生了一個小小的意外——一位行動有些倉促的女人突然撞到了她的身上。

「對不起！」

「沒、沒事。」

這個小插曲很快就被她忘了個一乾二淨。

而當莫忘再次進到會場時，卻隱約發現氣氛似乎有點不太對勁。她左右看了一眼後，走到了陸明睿的身邊，輕聲問：「發生了什麼事嗎？」

對方很乾脆的回答：「好像有人丟東西了。」

「哈？」莫忘愣了愣，「是很貴重的東西嗎？」

「聽說是一串鑽石手鍊。」

莫忘無語了，「呃，那種傳說中的東西……」像她這種平民壓根分不清水晶和鑽石的區別好嗎？

「喜歡嗎？我送妳個……」

「……敬謝不敏！」

「我是說鑽石糖啦！」陸明睿狡猾兮兮的笑著，「之前經過小學門口時，看到不少小孩在吃，我一時好奇就找個小孩騙了一顆來吃，味道還挺不錯呢。」

莫忘：「……」喂喂，她是不是聽到了什麼超級不和諧的字眼？連小孩子都騙？鄙視！

「我有買棒棒糖還給他啦。」不用猜他都知道她心中在想些什麼。隨即，他壞笑，「不過，學妹妳還真是容易想太多，鑽石什麼的我只會送給未來妻子……」

「閉嘴！」她踹。

——每次故意誘導人然後又怪其他人想太多？

——混蛋！

「學妹。」陸明睿的聲音突然一緊，「妳衣服上是什麼？」

「啊？」莫忘下意識低下頭，卻意外看到自己的白色小外套與裙子之間，正夾著某個閃閃發光的東西，「這個是……」她下意識伸手想去拿。

陸明睿卻一把抓住了她的手，輕聲說：「別動。」

如果他沒猜錯的話，那應該就是失物……是意外？還是有人在故意設計她？不，這些都不是重點，當務之急是儘快把它處理掉。

他抬起頭，目光快速的掃過屋子的各個角落，而後發現，所有角落中不知何時都已有了搜索的保全，而頭頂的監視器恐怕也在不停的運作著，從這裡出去的道路雖然看似沒有封鎖，可一旦做出「出去」的選擇，無疑會遭受更多的懷疑，到那時情形會更加不妙。

學妹是無辜的。從頭到尾，她都和他站在一起，相信在場的其他人也可以做出這樣的判斷。但前提是——不會在她的身上找到贓物。

莫忘也不傻，立刻就反應了過來，也壓低聲音問：「這個……是不是就是……？」

眼看著對方肯定的點頭，她的心緩緩沉了下來，但隨即靈光一閃，之前在廁所撞到她的那個人，還在這裡嗎？

她連忙抬頭環視四周，而後驚訝地發現……

那位在洗手間門口撞了她的女人果然也是客人，而且正非常巧合的站在她身邊不遠處。

「是她嗎？」陸明睿注意到了莫忘的目光。

她張了張口，正準備說些什麼，那個女人的目光突然對了上來，電光石火之間，對方彷彿明白了些什麼，而後高舉起手大喊出聲：「是她！我知道了！是她做的！」

莫忘：「……」

所有人的目光瞬間投射了過來。

成為視線中心的莫忘瑟縮了一下，但緊接著就鎮定了下來，穩住下意識想要退後的腳步，以坦蕩與無畏的目光回應著那些視線。

她什麼都沒有做，當然不用覺得心虛或者害怕。

神色慌張的「指認者」與表情淡定的「偷竊者」，兩人形成的鮮明對比讓不少人竊竊私語了起來。

相對於客人，主人家的臉色要更加難看，在宴會上發生這樣的事情，無疑影響是非常不好的，更何況其中還有一位是由他們家人請來的……

「子瑜，你去處理。」

「奶奶？」

「今天是你的生日宴，這種事情當然應該由你來解決。」

「……我明白了。」

——學妹絕對不可能做這種事。

——那麼八成是「做賊的喊捉賊」。

明明是這樣認為，自己卻無法立刻做出這樣的判斷，這種無力感讓穆子瑜多少覺得有些不愉快。

很快，他走到了兩人面前，輕聲說：「我們一起談談，好嗎？」在私下裡處理掉這種尷尬事，無疑是個正確的選擇。

莫忘看了一眼學長，沒怎麼猶豫的點了點頭。身為無辜者，不管怎麼做她都不怕。

穆子瑜也衝她微微頷首後，看向那一位「羅小姐」，出乎意料的是，她居然拒絕了。

「不需要！我去洗手間的時候，親眼看到她手中拿著一串手鍊。」

「……」

「是不是，搜搜她的身不就一切真相大白了嗎？」

姓羅的小姐——羅雨霖，當然就是犯人。事實上，她並沒有主動作案的技能，只是機緣巧合下撿到了從失主手上落下的手鍊，覺得很漂亮就想私下留下。

大概是因為心裡有鬼的緣故，她一直有意無意的緊密關注著對方，心中想著最好「她回家後才發現」，可惜運氣沒那麼好。當發現對方已經發覺了手鍊丟失的事情，她便慌了神，想也不想就朝洗手間跑去，思考著乾脆沖進馬桶或者丟馬桶水箱裡也行，卻沒想到在門口撞到了莫忘。

這一番衝撞，成功的讓她手中的手鍊轉移到了莫忘的身上，而且兩人當時都沒發覺。

羅雨霖沖進隔間後才發現手鍊不見了，她原本以為自己是在跑向洗手間的途中不小心弄掉了，但又想著「只要東西找到，失主應該不會追究」，於是稍微補了一下妝就重新走了回來，卻沒想到事情越演越烈。

緊接著，她突然與莫忘視線相對，在那一秒，羅小姐發覺了一件事——那個女孩知道手鍊的事情！她暴露了！她很可能被指認！

這種慌張的心理讓她立刻決定倒打一耙，但隨即再一想，她發現這是個好主意。她就不信有人得到那串價值不菲的手鍊後會捨得交給其他人，所以東西肯定還在對方身上，只要一搜身，一切就「真相大白」了。

相反，如果幾人私下談話，那可能暴露的人就是她自己了。處理這件事的穆子瑜雖然年紀不大，但聽說人厲害得很。

「我說，什麼都還沒說清楚就搜身是不是太過分了？」陸明睿站了出來，他一手將莫忘攔在身後，以示「這人我保下了」。接著他看向羅雨霖，「剛才只是妳的一面之詞，究竟真相為何，學妹，妳也說一次吧。」

穆子瑜眼眸微瞇了瞇，卻也知道這種時候自己無論如何都不能做出某種帶有明顯偏向性的行為，否則只會讓莫忘的嫌疑更重。

羅雨霖卻連忙說：「搜一搜她，就人贓俱全了，還有什麼可說的？」

「的確啊～」陸明睿摸著下巴，意味深長的笑，「沒什麼好說的呢。」

「姓陸的，你什麼意思？」

「字面意思，不理解的話要不要再回學校？我代表本校歡迎妳啊，要當場寫個入學通知書給妳嗎？」

「你……」

面對對方的氣急敗壞，陸明睿只是手一攤，笑得要多得意就有多得意，要多欠揍就有多欠揍。

穆子瑜真想扶額，明明可以好好說話，卻總是把人氣得火冒三丈，這份功力真是讓人難以企及。

但即便如此，倒並不討人厭，在場的人幾乎也都會意的笑了出來。

第七章

魔王陛下的氣場強大

就在此時，一道聲音從旁邊傳來——

「大哥，這件事有那麼難判斷嗎？」

「……」穆子瑜微皺了下眉頭，鎮定的轉過身，「子玨，這件事是我在處理。」

「我當然知道，不過結果怎麼看都很明顯吧？」穆子玨衝莫忘揚了揚下巴，「所以說，大哥，下次不要請這種家境……咳，的人來，你看，這不就惹出了麻煩？」

與對穆子瑜並沒太大敵意的雙胞胎弟妹不同，穆子玨完美繼承了母親的敵視風格，在知道「大哥」要舉辦生日宴後，就一直想找點麻煩，而「被邀請來的平民女孩」無疑是個不錯的突破口，只是沒想到一開始就遭遇了滑鐵盧，緊接著又聽說自家奶奶決定冷處理。他正失望呢，卻沒想到遇到了這樣的好機會，會放過才怪吧。

原本事情幾乎要「塵埃落定」，但是眼看著穆子玨橫插了一腳，羅雨霖連忙重新打起了精神。事態也不由得她不這麼做，如果「偷竊」落實了，那麼她毫無疑問會聲名掃地，至少有很長一段時間無法在這個圈子再待下去了。

「是啊！我怎麼可能做那種事情？稍微花點錢又不是買不到，倒是某些人恐怕辛苦賺錢一輩子恐怕都……呵呵，所以說，教養是很重要的。小瑜，不是我說你，這種沒被父母教導好的人以後還是……」

「住嘴。」

「……什麼？妳……」羅雨霖驚訝的看著莫忘，好像沒想到她會說出這樣的話。

「我說，住嘴。」

莫忘黑白分明的眼眸注視著站在不遠處的女人，逐漸冷下來的語氣讓所有人都很清楚的感知到——她已然發怒了，妳沒聽懂嗎？

「……」下意識想要還嘴的羅雨霖嘴巴張了幾次，卻一句話都沒有說出來。不知道為什麼，僅是與對方目光相對，就像是被寒冰凍住了一般，從骨頭縫裡透著冷，明明只是一個看起來再普通不過的女孩，怎麼可能有著這樣氣勢凌人的視線……

「因為自私而誣陷他人，這是妳的事情，但這一切和我的父母沒有任何關係，隨隨便便就說出那種無禮的話，妳覺得自己的教養很值得誇讚嗎？」

「……」

「我的家境可能的確不如妳，但我的父母認真工作賺錢，繳納稅金，維持家庭，養育子女。而我從小就被教導『偷竊是非常可恥的事情』，更不可能做出這樣的事情。東西的的確確不是我偷的，如果這件事情還需要查驗，那麼在那之前，我認為妳必須先向我道歉，為剛才的事情、為我的父母。」

羅雨霖：「……」

這是什麼情況？明明她心裡想著「哈，開什麼玩笑？就算真的錯了也絕對不能道歉」，卻控制不了自己的身體，不自覺的想要開口、不自覺的想要妥協、不自覺的想要致歉、不自覺的……想要說出全部的真實——在這女孩的眼前，謊言似乎無所遁形，她整個人似乎都被控制住了！

實際上，不只是羅雨霖，就連身邊的其他圍觀者，都覺察到此刻的莫忘「凜然不可侵犯到了某種無法抬頭直視的地步」。其實，這並不是因為她有著強烈的「人格魅力」，而是她在憤怒之下魔力外洩。

魔王這種職業本身就凌駕於萬人之上，「魔王之怒」是難得的拷打逼問必備的好方法，甚至可以在戰鬥時作為大招使用。再加上莫忘已經經過加冕儀式成為了真正的魔王陛下，更佩戴著王冠，氣勢便越顯強大。

守護者們清楚的覺察到了這一點，可其他人卻又完全不知情，所以就那麼詭異的為莫忘加上了「深不可測」的印象。

有些人甚至懷疑，她的家境真的像穆子玨所說的那樣普通嗎？穆子瑜那傢伙怎麼看都不是蠢蛋，被他特意邀請來的人，怎麼樣也不可能差到哪裡去吧？還是他故意對自家弟弟設局？畢竟他們兄弟不和早已不是秘密了……

不少人的思維就這樣默默的跑偏了。

與此同時，羅雨霖終於語氣艱難的說出了那三個字：「對……不……起……」在對方的絕對壓制下，她沒有任何反抗的空間。

莫忘點了點頭，「我接受妳的道歉。」她並不是一個愛將他人逼到極限進行玩弄的人。因為得到了滿意的答案，莫忘身上的氣場驀然消散，這件事周圍所有人都清楚的感覺到了，尤其是被她無意中「重點關照」的羅雨霖。但即便如此，羅雨霖也只是眼神驚懼的注視著莫忘，一時之間不敢再說些什麼。

眼看著情形瞬間尷尬了起來，穆子瑜深吸了一口氣，語調溫和的再次提議說：「我看，我們不如一起私下談談，你們覺得怎麼樣？」

雖然非常想將羅雨霖直接趕出去，但他知道自己不可以這麼做，她所在的家族和自家近期正在合作，所以無論如何都不能讓對方坐實了「偷竊」的罪名。最好的方法就是趁現在「還未真相大白」，將一切隻手蓋下。

「大哥，這樣不好吧？」

一而再、再而三的被打擾後，穆子瑜的語氣也變得不太好了：「子珏，如果我沒記錯的話，今天這裡是我做主。」

「我當然知道。只不過，到底是個什麼情況，當眾搜一搜不就好了嗎？」穆子珏笑咪咪的說著，「還是說，你擔心發生什麼你不想看到的事情？我聽說……」他意味深長的看了一眼莫忘，「你和她關係匪淺啊。」

明知道這樣說話可能會得到父親和祖母的訓斥，但他實在是忍不了，在穆子瑜的手下他已經吃了太多的暗虧。再加上……之前派去看監控錄影的人告訴他，羅雨霖和這個名叫莫忘的女孩在洗手間的門口撞到了一起，既然他剛才說搜身的時候前者並不反對，那麼毫無疑問，東西八成在後者的身上；就算不在，能「當眾搜身」也算是狠狠給了穆子瑜一個耳光，何樂而不為呢？

「你想太多了。」穆子瑜淡淡的回答，「我和她只是普通的學長和學妹的關係。」說話間，他眼角的餘光掃過女孩，發現她的表情沒有一點異樣——顯然，她很贊同自己的答案。雖然這樣的反應是正確的，但他的心頭還是湧起了強烈的失落感。

「既然如此，你就更不應該反對了啊！當眾搜一搜的話，不就什麼都解決了？」

雖然沒有看到錄影，但穆子瑜知道——絕對不能答應穆子玨的提議。這個弟弟雖然蠢，但擺出這副肯定的態度一定是因為有所依傍。於是他開口說：「我認為……」

「就這樣做吧。」

一道聲音突然從兩人身後傳來。

穆子玨大喜，回頭恭謹的喊：「奶奶。」

穆子瑜：「……」臉色微變的他，瞬間意識到那位老人究竟想要做些什麼。

「子玨，你應該向你大哥道歉。」

「啊？」

「這個女孩曾經給過子瑜幫助，是我特意讓他邀請來表示感謝的。」這算是向其他人解釋，也算是撇清關係。

穆子玨也不笨，很快就反應了過來，表情認真的對自家大哥道歉：「大哥，對不起。」

誰讓他現在心情好呢？說出這樣的話毫無壓力。

「子瑜，你還在等什麼？」

「……」

祖母的目光，給了穆子瑜巨大的壓力，不自覺間，他的額頭微微滲出了汗珠。他很清楚對方這麼做只有一個原因：徹底斷掉他走上「另一條道路」的可能。

但是……

他真的可以這樣做嗎？

他真的可以做出這樣的事情嗎？

穆子瑜的臉色瞬間蒼白了起來，他嘴唇輕顫的想要說「不」，就在此時，他看到父親不知何時站在了祖母的身後，那眼神中滿是「失望」，似乎在說——你怎麼也走上了這條錯誤的路？

另一邊，王伯伯帶著他方才的舞伴也走了過來，目光炯炯的注視著他，似乎在看他究竟會做出怎樣的選擇。

好像他的一切都賭在了接下來會說出口的話上。

一旦說錯……就會失去一切。

幾次急促的呼吸之後，他終於開口，語音卻乾澀得不像話：「至少……去一個單獨的房間吧？」

看到祖母的微笑、父親欣慰的眼神、王伯伯滿意的笑容、舞伴那閃亮的目光與穆子玨難看的臉色後，他知道自己沒有做出「錯誤的決定」，但卻不再敢去看莫忘的眼神，他擔心從其中會看到深深的鄙夷，可又忍不住想要去看，萬一……她能夠理解他呢？她能夠理解他的不得已呢？

沒錯，他是被逼的。

他發自內心深處的不想這樣做。

如果是她的話，一定能夠理解他的吧？

一定會吧？

被內心這樣的想法所驅使著，穆子瑜鼓起勇氣看向莫忘，卻意外的發現——她的眼神十分平靜，淡定的注視著他們所有人，又彷彿完全沒有在看他們，或者他們只是一個不足為道的笑話。

「開什麼玩笑？！」

一個少年突然從人群中擠了出來，一把抓住莫忘的手腕，「我們走。」

他先是陪爺爺和外公「玩」了好一會兒，才終於成功的讓他們帶著自己混進來，他特意跑來這邊可不是專門為了看這場鬧劇的。

「……阿哲？」正準備反擊的莫忘被這一扯弄呆了，好半天才反應過來。

事實上，她真的沒有穆子瑜所想的那麼霸氣側漏，那種「放空一切」的目光是因為……她正在發呆想事情好嗎？她真的沒有那麼高大上（注：高端、大氣、上檔次）啊！她剛才只是覺得搜出手鍊其實也無所謂，上面肯定沒有她的指紋，這樣查一查就都清楚了吧？再加上她已經想起走廊和洗手間的附近都有監視器……現在再一看，咦？手鍊呢？本來掛在衣服上的閃亮物體居然不見了，是被陸學長拿走了嗎？不會連累到他嗎？

可惜呀，那種視線落到一些有心人的眼裡，立刻就變成了「這簡直是一種近乎傲慢的、凌駕於一切之上的俯視目光」！

所以說，無論什麼地方，充滿了腦補精神的人都不少啊，不去寫小說真是可惜了！

至於穆子瑜的掙扎……不好意思，她完全沒注意到好嗎？

現在，她終於確定了一件事，那就是「真正的穆子瑜」與她過去腦中所想出的那個，其實完完全全是兩個不同的人。雖然早已有這種預感，但當一切都顯露出來時，還是有一種強烈的「偶像的破滅感」。

從「如果是穆學長的話，一定什麼都可以做到」到「穆學長不是不可以去做，而是沒有勇氣堅持自己的決定」，她覺得對方似乎變了。但緊接著她又想，自己其實壓根就沒有瞭解過對方，或者說，改變的不是穆學長，而是她自身。

毫無疑問，穆子瑜的選擇的確讓她有些失望，但也並非不可理解，只是……以後他的邀請，她恐怕再也不會答應了；像這樣的場合，以後也不會來了。

他們是性格完全不同的人，恐怕今後再相處下去也難以互相理解——起碼，不管在任何環境下，她都會堅持相信自己的朋友，並一直站在朋友身邊。

結果，雙方什麼事都還沒做呢，自家小竹馬突然跑了出來。

她真是又感動又囧啊！感動的是，拉著人就跑，這傢伙還真是做得出來；囧的是……這傢伙還真敢玩跟蹤啊？！

「喂，又被搶先了啊！」格瑞斯不滿的抽搐著嘴角，他都做好了「拯救陛下」的準備，結果居然玩這個？這簡直就像是大家一起賽跑結果有人搶步好嗎？不公平！要求重新比賽！

艾斯特淡定的說：「只要陛下安然無恙就好。」其餘的事情，由他們來處理就好。

「閉嘴，你這個虛偽的傢伙！」

「既然他們都走了，那麼剩下的……」瑪爾德看向場中央，依舊被其餘人所忽視的艾米亞抬起手，微笑著對他們做了個「搞定」的手勢。

「給我攔住他們！」

因為穆子玨的大喊，不少保全朝門口彙集而去，拿人家的工資肯定要做人家吩咐的活。

「咦？居然還有我們出場的機會啊？」格瑞斯驚喜了，順帶一個調酒壺就砸到了某個保全的頭上，精準的在不傷人的情況下讓對方暈了過去。

被「搶走了妹紙」的陸明睿心情很不好的伸出腿，默默的絆倒了幾個人後，靠在一旁的桌上抓起東西吃，偶爾丟丟盤子。

艾斯特手中的托盤微微震動，其中堆放著的水果便準確的落到了幾人的腳邊，正在跑動中的人們來不及停下腳步，「嘩」的一下踩了上去，瞬間摔了個狗吃屎。

而艾米亞則利用「誰都看不見」的特性，一推一個準。

屋中瞬間亂成了一團。

瑪爾德微微一笑之下，不知從哪裡又摸出了小提琴，架在脖上奏出了一曲歡樂的調子，與這些人倒地的節奏恰好應和。

莫忘：「……」喂喂，那些人在搞什麼啊？一不小心發展就變得奇怪起來了好嗎？

還沒等她說些什麼，跑在前面的小竹馬突然放開她的手，抓住衝上來的某位保全就來了個標準的過肩摔。

莫忘：「……」喂，他怎麼也開始了啊？

不、不過，既然如此的話，就讓她捨命陪君子吧！

如此想著的莫忘左右看了一眼後，毫不猶豫的跑到了某個足有七、八公尺長的長桌邊，在眾人驚駭的目光中，只用單手就將長桌穩穩的抬了起來，而後回轉過身，在大喊了聲「讓開」後，輕輕鬆鬆的如同投擲標槍般將長桌砸了出去。

在場的小夥伴們幾乎都驚呆了。

在他們呆傻的目光中，那長桌狠狠砸中了被閉緊的大門，「轟！」的一聲巨響後，大門上赫然出現了一個巨大的洞。

莫忘單手扠腰，拎包的左手霸氣側漏的平指：「誰再敢攔，下場就是那個！」

保全們：「……」媽媽，哪裡來的女金剛啊？工資固然重要，小命更重要好嗎！

於是，眾保全「刷刷刷」的立刻散開！

石詠哲：「……」小青梅妳這麼勇猛真的沒問題嗎？

他低頭看著剛才被自己摔趴的五、六個成年男子，徹底死了「炫耀」的心理——他這成績還真是不夠看，完完全全被、打、敗、了！

還沒等他回過神，莫忘已經主動跑過去抓住他的手腕，「我們走！」

立場瞬間反轉。

眼看著少年和少女的背影成功的消失，被狠狠震撼了一把的人們才逐漸回過神來，不少人不可置信的揉了揉自己的眼睛，他們剛才看到了什麼？那不是在做夢吧？不對，不可能所有人一起做夢啊！雖然經常聽說現在的女性已經成功進化為女漢子，但也不至於強悍到那個地步吧？再這樣下去男性只能同性相愛了啊！QAQ

「喲，臭小子做得不錯。」某位拄著枴杖的老人突然開口說。

「那丫頭真夠味道！」站在他身邊的另一位持著手杖的老人也豎起了大拇指。

兩人對視一眼，突然同時發出了一聲「哼」，別過頭表示誰也不樂意搭理誰。

認識他們的人瞬間心裡打起了鼓，如果沒看錯的話，這不是……「那兩位」嗎？什麼時候跑到這裡來的？

「您二位怎麼會來？」作為今天的主人，穆子瑜的祖母親自走過來與兩人寒暄。

石爺爺：「陪我孫子來的。」
張外公：「陪我外孫來的。」
「不許學我說話！」X2
兩人對視，瞪。
穆家祖母心中瞬間活泛開了，雖然大家都知道有那麼一個人，但卻從未真正的見過，這是他們兩家在釋放某種信號嗎？雖然心中如此想，她卻笑著開口問：「小少爺在……？」
石爺爺：「剛才不是跑出去了嗎？」
張外公：「還拉著個小丫頭。」
石爺爺：「我家孩子砸壞了妳家東西？一共多少妳算個帳，待會我讓人來賠償。」
張外公：「錢我來付才對。」
石爺爺：「老不羞，那是我孫子！」
張外公：「老不要臉，那是我大外孫！」
兩個人再次瞪上了。
穆家奶奶：「……那……那位女孩？」
「我孫媳婦！」
「我外孫媳婦！」
穆家奶奶：「……」

「都說了別學我說話！」

兩人終於忍無可忍，一人舉起枴杖、一人舉起手杖，「兵器」就那麼狠狠的撞在一起，看起來哪裡有半分衰老的樣子。

在場其餘人瞬間汗流浹背：他們這算是隨身攜帶危險武器嗎？

與此同時，人們心中不由得又想：既然這兩位老爺子如此高調的放話，那女孩的家境哪怕真的只是普通，有這麼兩座靠山，也一般不到哪裡去。

「你！」石爺爺突然一手指向穆子玨，手中的枴杖狠狠往地上一戳，「就是你冤枉我家孫媳婦偷東西？」

穆子玨狂抽嘴角，「……沒、沒有。」

「現在的年輕人啊，說過的話跟放……咳！轉眼就忘，這習慣可不好。」張外公舉起手杖衝著穆子玨指指點點，冷哼出聲，「偷東西？有我們在，她有那個必要嗎？」

「……」

「我有事要報告！」一位身著調酒師服裝的長髮青年突然高舉起手。

石爺爺瞇了瞇眼眸，問：「你是我孫媳婦的表哥吧？要說什麼？」

「其實我看到東西是誰偷的了！」

「誰？」

「他！」格瑞斯手指向穆子玨，緊接著又轉向羅雨霖，「和她！」

「你你你你胡說！」

「胡說八道！」

被指著的兩人同時做出了回應，從強烈程度就可以看出心虛多少。

「是不是胡說，聽了才知道。」張外公衝格瑞斯一點頭，「接著說。」

格瑞斯也不含糊，「睜眼說瞎話」的技能從他天天「誣陷」艾斯特起就已經點滿了，「簡單來說，我看到這位女性偷了東西，而後又偷偷摸摸的塞給了男性，所以，東西應該在後者身上！」

「哦？」

「你含血噴人！」穆子玨一口血，這和他有什麼關係？！

「是不是，當場搜身不就清楚了嗎？」格瑞斯挑起眉，眼神瞥向一旁的穆子瑜，「我們家陛……表妹都可以被搜身，他憑什麼不可以？」

穆子玨：「……」壓根沒搜成好嗎？

雖然是自家人正在丟人，穆子瑜的眼中卻閃過一絲快意，他很乾脆的點頭說：「我沒意見。」他想就算是奶奶，也絕對不會反對，實力相差太大了，完全湧不起反抗的念頭——就和之前的他一樣。

這群人也終於品嘗到與他相同的痛楚了嗎？

真是報應！

「子玨。」

「奶奶！」

「子玨，聽你奶奶的話。」

「爸……」

穆子玨將視線投向自己的母親，卻只得到一個「無能為力」的回應。他鼓了鼓臉，心有不滿卻又無可奈何，於是乾脆狠狠脫下身上的黑色西裝外套，往地上那麼一砸，「我是無辜的，你們隨便搜好了！我看誰……」

這時，話音如同被捏住了嗓子的公鴨般戛然而止。

原因無他，一條折射著美麗光澤的手鍊從他的西裝口袋中露了出來。

「無辜啊。」石爺爺意味深長的一搖頭。

張外公默契的應和：「那肯定是我老眼昏花了。」

完成了「完美二補刀」的兩人再次一對瞪，卻又知道現在不是互毆的時候，默默在心中嘮叨「我面前這傢伙就是個屁，雖然臭但忽視就好」，而後忍下了。

「這……這這這怎麼可能？」穆子玨連連後退，結果不小心踩到了之前被丟下又被人踩過的水果，一屁股就坐到了地上，褲子瞬間就濕了，看起來那叫一個狼狽。

思考了片刻後，他反應了過來，伸出手怒氣衝衝的朝格瑞斯一指，「是你做的！一定是你做的！你故意把東西放到我口袋裡，然後誣陷我！」

早有準備的格瑞斯輕巧的一攤手，無辜的說：「我可是一直在角落裡調酒，在場不少人都可以證明吧？」

「是，我可以證明。」

「我也是。」

「不是你，就是他們！」穆子玨的手緩緩指過艾斯特、瑪爾德和陸明睿，驚吼道：「肯定是他們做的！」

瑪爾德沒有搭理他，只自顧自的演奏著音樂，只是這次的曲調多少有些悲戚，和某人此刻的情形很搭調。

「我記得他一直在演奏啊。」

「對，是這樣。」

陸明睿也一攤手，「對於不太好聞的東西，我一直是敬而遠之的。」

「你！」穆子玨怒，但也明白對方說的是實話，這一晚他壓根沒接近過自己，那麼……他的視線落到艾斯特的身上。

高大的短髮青年英俊的臉孔上沒有什麼表情，只淡定無比的將手中的托盤放到一旁的桌上，兩物接觸時發出的輕響讓他的身形猛地一顫，他結結巴巴的說：「你你你做什麼？」

對方卻沒搭理他，聲音清冷的說：「我也沒有接近過他，如果不信，可以看監視錄影。」

「……」

與此同時，站在人群中的艾米亞輕嗤了一聲，明明做了「好事」卻不為人知的感覺真是寂寞啊寂寞。

——哎哎，可惜陛下沒辦法看到，如果早一點「發動」就好了。哼，被可惡的小子攪了局呢！

★◎★◎★◎★◎

艾米亞的「憂傷」也不是沒有道理，那樣「精采」的後續，莫忘一時之間還真是不知情，她只是自顧自的扯著自家小竹馬一路狂奔著，跑著跑著，她突然想起了某件事。

突然的一個急煞車後，她回轉過頭身，一手戳開撞到自己身上的少年，惡狠狠的說：「你是有多笨啊？！」

「……哈？」石詠哲無語，怎麼看這種臺詞都應該是自己對她說才對吧？被騙來參加這種無聊的宴會，還遭遇那種更加無聊的事情。

「混進那裡有多麻煩你知道嗎？一不小心會惹大事的，真是大笨蛋！」恨鐵不成鋼！

「……」原來她以為……石詠哲扶額，「我是正大光明進去的。」

「啊？」這回呆滯的人變成莫忘了，隨即她想起，陸學長似乎的確說過自家小竹馬的爺爺和外公在這邊也有房子，這麼說……

「他們都在裡面。」石詠哲伸出大拇指隨手朝身後指了指，「所以不會惹出什麼亂子，放心吧。」

「……你不早說。」莫忘繃緊的肩頭瞬間垮了下來，她長長的舒了一口氣後，低聲「抱怨」說：「既然來了就早點和我打個招呼啊，那麼突然出現是要嚇誰啊？」

「我是剛進去，誰知道會碰到那種事情。」一想起剛才的事情，石詠哲就有點氣不打一處來，他皺起眉頭，毫不客氣的說：「早就警告過妳不要輕易相信那個小白臉，妳怎麼就是不聽話呢？」

「今晚的事和穆學長沒有直接關係。」

「妳也知道啊？！」因為多年的相處，他很快就理解了小青梅話中的含意，不是沒有關係，而是沒有「直接」關係。

「以後離他遠點！」

「……我知道了。」莫忘垂頭。

「……離那傢伙遠點就讓妳覺得這麼難受嗎？」他有點糾結，又有點心疼她，又有點覺得自己好苦命。總之……心情很複雜。

從少年的角度看不到低下頭的女孩的表情，只能看到她因為一路飛奔而隱約有些散亂的髮絲，它們因為她點頭的動作而微微顫動，而後他聽見她說：「嗯。失去一個朋友總不是一件讓人覺得開心的事情。」

「……」啥？

「不，說是失去朋友也許太嚴重了。」她抬起頭，有點赧然的撓了撓臉頰，「但是，果然我……和穆學長還是有點理念不合啊。」

「咳，妳現在才發現嗎？」意、意外之喜啊！

「嗯，是我的錯。」莫忘很乾脆的承認了這一點，「被過去的記憶遮蔽了眼睛，不肯認真的、好好的注視著學長，所以遲遲沒有發現這一點。」雖然有點失望，但更重要的是真的太失禮了。

「所以說……」石詠哲嘆氣，「過去他在妳心裡到底是個怎樣高大上的形象啊？不會和聖光普照的佛祖一樣吧？」

「差不多吧。」

「喂！」至於誇張到那個地步嗎？

「開玩笑的啦！」莫忘擺了擺手，正準備說些什麼，突然攏了攏衣服又搓了搓手臂，「好冷。」

石詠哲低頭看了一眼她裸露在外面的腿部肌膚，無奈的嘆了口氣，嘟嘟囔囔的扯起她就走：「真是不理解妳們這些女人，為了漂亮壓根不要命啊！」

「……難道不是因為很多猥瑣男愛看嗎？」莫忘鼓著臉說。

「誰猥瑣啊？！」

「誰反應大誰就是！」

「……」

石詠哲一路快速的將小青梅拖到某輛表面看來無論是色彩還是外形都挺低調的車前，司機叔叔早已打開了車門，在他道謝後，司機非常明智的跑去另一輛一起來的車上蹭暖氣，順帶和那位司機聊聊天。

沒辦法，兩位老爺子雖然「有仇」，卻總是巧合的「同進同出」，連帶著他們這些當差的都互相之間熟悉得不得了。

「暖和多了。」莫忘搓了搓被夜風凍得有些涼的臉頰，又伸出手搓了搓對方的臉頰，笑著說：「什麼嘛，你臉不也是涼的……咦？怎麼突然就燙了？好厲害。」

「被風吹了不涼才怪吧？」回答完第一個問題後，他對於第二個問題果斷的避而不答。緊接著，石詠哲不知從哪裡摸出了一罐熱飲塞到她的手中，「暖暖手。」

「嗯嗯。」莫忘抓住，蹭臉。

一分鐘後——

「咳！」

她繼續蹭臉。

三分鐘後——

「咳！」

她扯開拉環，喝。

五分鐘後——

「咳！」

她繼續喝。

「……喂！」某人終於忍無可忍。

莫忘很是淡定的瞥了人一眼，「你到底是多想聽八卦啊？」

「……哼。」不是關於她的八卦，他聽都懶得聽好嗎？

「還真是容易鬧彆扭。」

莫忘靠在軟乎乎的座位上打了個哈欠，熏著暖呼呼的暖氣，又喝了杯暖洋洋的熱飲，感覺整個人都有點昏昏欲睡。她隨意抓了抓頭髮，索性輕巧的一撥，烏黑的髮絲便瞬間垂落了下來，再手那麼一推，冠冕依舊歪歪的待在頭頂，看起來和普通的裝飾品似乎沒啥兩樣，除了特別漂亮這點。

而這玩意一旦戴上，似乎就和動漫中主角披在肩頭的外套一樣，無論做出怎樣的動作……哪怕是和敵人互毆都不會掉下。

咳，這也算是難得的「魔王外表加成」。

「誰鬧彆扭啊？」

「我又沒說不說。」現在的她也的確需要找一個人來吐吐槽，「唔，該從何說起呢？」

「……那傢伙到底怎麼幫過妳啊？」

「那個啊……」因為和某人太過熟悉的緣故，莫忘索性脫掉了鞋子、曲膝窩在座位最裡端，雙手搭在膝蓋上，下巴磕在雙手上，想了想，說：「那已經是三年前的事情了。」

「三年前？」

「嗯。」莫忘小小的點了一下頭，「那個時候，我剛剛知道自己的……病情，用的還是半夜偷聽的方法呢。」她有些不好意思的笑了笑，「因為總覺得爸爸媽媽的神情很奇怪，所以就那樣做了，然後被驚呆了，在門口蹲了好半天才想起來回房間，等鑽進被窩裡後才發現手腳冰涼得厲害，卻怎麼都焐不暖。」

「……」石詠哲放在腿上的手掌微微握成拳，毫無疑問，這是他目前為止的人生中最為懊悔的一件事，沒有之一——他到底放她一個人承受了怎樣的恐懼無助？

「這不是你的錯啦。」莫忘敏銳的察覺到了對方的情緒，笑著說：「是我選擇不告訴你的，畢竟……它不是什麼會讓人覺得快活的事情啊，與其讓大家都不好受，倒不如……」她的話音頓住，困擾的拍了拍頭，「總、總之，我現在已經完全沒事了啊，別擔心！」

「……」就算是這樣，就算她說著這樣溫柔體貼的話語，他心中的自責與愧疚也不會稍微少上一分，反而又加重了。好在，那冥冥之中主宰一切的意志並沒有絕情到殘酷的地步，她依舊活生生、暖乎乎、笑嘻嘻的坐在他面前，沒有就那樣離開。

「當時的我嚇壞了，一晚上都沒睡好，然後第二天就感冒了。同樣一夜都沒睡好的爸爸媽媽連忙送我去醫院，檢查來檢查去……我真的是給他們添了很大的麻煩。那段時間我挺絕望的，有時候甚至想，與其一點點的被病魔奪走生命，倒不如早點……」

話音被小竹馬的動作打斷了。

莫忘看著自己突然之間被握住的手，彎起眼眸笑了笑，她翻過手掌，雙手抓住這隻很溫柔暖和的大手，將它磕在下巴下面，接著說：「當然，只是想想而已，之所以會那麼絕望，除了害怕之外，還有就是……覺得自己很對不起父母，不僅沒辦法給他們帶來任何好處，還給他們帶來了無窮無盡的麻煩，簡直就像是一個毫無用處還專門漏油的拖油瓶。」

因為回憶，她的眼神漸漸縹緲了起來。

「就在那時，我遇到了穆學長。」

「那天，我穿著病服坐在醫院樓下的花園裡，然後呢，正好看到他從那裡經過。當時穆學長的臉還不像現在這樣……唔，男子漢？咳咳，總之，看起來簡直像個很漂亮的姐姐，仔細再看，才會發現他是男生。再然後呢，我驚呆了，一個男生長成這樣是怎麼回事？太刺激人了！當時那日光啊……」

「重點！」回憶著回憶著好感就爆棚是怎樣啊？不帶這樣顏控的啊！早聽說這個年紀的女生特別喜歡不男不女的類型，沒想到她也在其中！

「咳咳咳！」莫忘輕咳了幾聲，默默轉回重點，「一顆球突然滾到了他的腳邊，學長彎下腰把它撿了起來，左右看了一眼後，居然走到我旁邊問『是妳的嗎？』，我呆了，而後猛地跳起來搖頭說『不是不是，真的不是』。」

石詠哲：「……」這種標準的言情套路是怎麼回事？

「然後我發現學長用一種微妙的目光看著我，緊接著，旁邊一個小孩說『是我的，謝謝哥哥』，我……」想到此，莫忘淚流滿面，丟人的事情這麼多年果然都難以忘記啊！她真是悲從中來，「當時他一定把我當傻子吧？」

「……噗！」石詠哲捂嘴。

「喂！不許笑啊！」

「咳，不……噗！」

「你夠囉！」她踹！

石詠哲一把抓住小青梅的腳踝，「別鬧。」他真擔心她一怒之下直接把車子踢出個窟窿來，毫無疑問，之前的事情給他留下了巨大的心理陰影。

「……誰鬧啊？！」莫忘氣呼呼的收回腿，「再這樣我不說了啊！」

「好吧、好吧，我錯了。」

「那種敷衍的語氣……」莫忘不滿的鼓了鼓臉，但仍接著說：「然後，他對我笑了。」

「……」見人就笑，那傢伙是賣笑的嗎？！

「那真的是非常漂亮的笑容，和現在……學長大部分時候所露出的笑容都不太一樣。」

她歪了歪頭，「當然，也可能是我在不斷回憶的時候美化了它吧。但是，在當時那種情況下，真的帶給了我很深的感觸。我記得非常清楚，那天是個陰天，但是在那一瞬間，我覺得自己又被陽光照耀了。很不可思議吧？但是，報紙雜誌上不是老說『女性通常會被一些微不足道的細節所打動』嗎？我當時可能就處於那樣的狀況下吧。」

她赧然的笑了笑，「其實，如果不是學長，而是其他任何一個人對我展露善意的話，也許我都會這樣認為。」

因為當時的她實在是太需要鼓勵了。說到底，一切可能真的只是她自己的腦補而已，不是「穆子瑜」，也會是其他人。而且……

「在那之後，爸爸媽媽來了，他們正好也看到了離開的穆學長，我記得他們很是感慨的說──『是那孩子啊！』，語氣聽起來非常驚喜。」

「莫叔他們認識穆子瑜？」

「不算認識吧。」莫忘搖了搖頭，「似乎他們之前看過一場學長參加的演講，據說非常精采，我想他一定表現得很出色。那個時候，聽著爸爸媽媽誇獎的話語，我就突然有點羨慕學長了，被那樣推崇著、被那樣期待著，還能露出那樣好看的笑容，能給他人帶來安慰。我覺得呢，嗯，如果我能變成他那樣的人，爸爸媽媽也許會更開心也說不定……所以我很想變成學長那樣的人。」

「所以才特意轉學到現在的學校嗎？」

「嗯，很傻是不是？」

經歷了那麼多的事情，現在的她已經清楚的知道，自己不可能為了他人而活著，她只能變成自己期待的模樣，而一直心心念念的「穆學長」，其實只是她根據記憶流光中的一道剪影而加工成的虛擬形象，遠遠看著還能維持，一旦靠近了，就什麼都不剩下了。

但是，即便如此……

「是。」

「……」

石詠哲瞥了一眼頭頂著烏雲疑像似被打擊了的女孩，深吸一口氣，又說：「不過，完全不會覺得後悔吧？」

莫忘快速抬起頭，眼睛亮晶晶的說：「嗯！」就像她剛才所想的那樣，如果不來現在的學校，也不會認識圖圖、小樓以及那麼多有趣的朋友。這樣的生活，即使有遺憾，卻完全沒有什麼值得後悔的。

「那就好。」終於放下心的石詠哲嘴角勾起一抹笑意，這也不枉他辛辛苦苦跟來看……不對，是照顧她！但話又說回來，穆子瑜那傢伙也真的太好運了吧？能從當時到現在這麼長的一段時間內在她的心中占據那麼重要的位置，居然是因為……一個笑容？秋香都要三笑，他一笑就搞定了？開什麼玩笑！

但是……

雖然現在聽來只是淡然的描述，卻可以完全想像她當時的灰心與絕望，所以才會被那壓根不值一提的溫暖所感動，到了願意為它飛蛾撲火的地步。

真是傻蛋啊！

如果……

他肯定什麼都願意給她。

如此想著的石詠哲緩緩抽回被女孩合在掌中的手，輕輕的揉了揉她毛茸茸的腦袋，一下、一下、又一下。

「做什麼啊？」她瞪人，「把我當貓了嗎？」

「是狗。」

「喂！」她再踹！

呵，不得不說，比起魔王陛下的「空手接白刃」，勇者大人的「空手接腳丫子」練得也很不錯──看，又接住了。

他威脅說：「再這樣不還妳了啊。」

莫忘黑線，「你想把它接在你肚子上當第三隻手嗎？」

石詠哲「猙獰」一笑，「我打算把它砍下來當晚餐。」

「……你好變態。」

「妳有資格說這種話嗎？」

「……」

這一夜的事情雖然有點「波瀾壯闊」，但好在總算畫上了句點，雖然不能說完美，但至少也沒啥損害。反正太陽每天都會升起，明天又是新的一天。

某人懷著這樣的想法，呼嚕嚕的就睡著了。

當其餘幾人找到莫忘時，她正在長條座位上縮成一團睡得正香，身上還蓋著一條毛毯。石詠哲單手托腮坐在對面，眼睛一眨不眨的注視著對面的「小團子」。

「啊啊，陛下熟睡著的模樣還真是惹人憐愛。」格瑞斯不知何時已經扯去了調酒師的領結，白襯衫的第一粒鈕釦處敞開著，他卻好像完全覺察不到寒冷。

當然，這和他「剛才已經好好熱身過」也有著直接關係。

身為高雅的魔法師，他很少像「艾斯特那個粗人」一樣直接用手來揍人，今天稍微嘗試了一下，不得不說，真是太粗魯了，但是……咳，也挺帶勁的。比起用魔法擊倒對手，直接把人揍到身體卡卡作響似乎更加爽快啊！咦？他的思想為啥這麼不優雅？肯定是被艾斯特那個野人傳染了！

他默默的往旁邊挪了挪，以離某人遠一些。

「說出這種失禮的話真的沒問題嗎？」艾米亞嗤笑了一聲，「你那一臉痴漢的表情和口口聲聲說要優雅，完全南轅北轍了吧？」

「閉嘴！」格瑞斯額頭上爆出青筋，艾斯特家的人果然都很討厭，「比起某個試圖逼婚的混蛋，我已經算是很好了吧？！」

「至少我……」

「好了，艾米亞。」艾斯特回眸淡然的看了一下兩人，「小聲點，不要吵醒了陛下。」

格瑞斯：「……」他為啥要聽這傢伙的啊？但是……他忍！這兩個傢伙給他等著！

自覺「勝利」的艾米亞攤手，小得意的模樣看起來真讓人牙癢癢。

「不回去嗎？」瑪爾德搓了搓手臂，「這麼冷的天，我都要枯萎了。」

其餘人：「……」他以為自己是植物嗎？而且不會使用魔法取暖嗎喂！

於是，他們就回去了。

★◎★◎★◎★◎

不遠處，倚牆而立的少年用手指玩弄著辮尾的茶色晶串，在夜色中尤其顯得明亮的眼眸注視著車輛駛去的情景，他的眼神驀然飄忽了一瞬，似乎在想些什麼，但是很快又恢復了清明，頭也不回的說：「來了？」

身後的人也沒有加重腳步聲，只按照原來的步調走到前者身邊，並肩而立。

「她走了？」

「嗯。」

「……」

陸明睿補充說：「而且估計以後都不會再來了。」

「……」穆子瑜抿唇不語。

「你請她今天來這裡，真的是個非常錯誤的決定。」雖然知道不太厚道，但陸明睿還是笑了。

好在對方並沒有看到他嘴角的弧度彎彎，只淡然的說：「我只是想讓她更瞭解我。」

「不對。」陸明睿搖頭，「你是想讓她離你更近，結果卻恰恰相反。」

穆子瑜的呼吸一窒，緊接著聲調微涼：「這只是個意外。」

「卻是必然的意外。」

「……」

「即使換個時間、換個地點、發生一樣的事情，你也肯定會做出相同的選擇，不是嗎？子瑜。」

「……這和你沒有關係。」

「也是。」陸明睿灑然一笑，「的確和我沒多大關係。」

——而且，你也已經沒啥機會了，如果妹紙腦子不抽筋的話。根據以往的經驗，這出現的可能性略等於火星撞地球。

「不只是我，學妹也與你沒多大關係。」穆子瑜再次開口，語帶警告。

「哈，那估計做不到。」

「你想與我為敵嗎？」

聽了這樣的話，陸明睿的表情也沒有發生任何變化，只笑嘻嘻的說：「怎麼會？頂多是你單方面把我當成敵人。」

「……」

「作為『朋友』，我覺得你還是別繼續下去比較好。你和她完全處於不同的世界中，要麼你乾脆從泥潭中跳出去，要麼她主動跳進來陪你一起吃臭泥。前者……你要是能跳出，今晚就不會做出那樣的選擇了；至於後者……」

「後者？」

陸明睿笑嘻嘻的問：「即使她真的想那麼做，你忍心嗎？」

「……」

「如果你回答『是』，我會發自內心的鄙視你。」還沒泡到人呢，就想著如何帶對方一起受苦，這絕對不是真愛！

「呵呵，鄙視啊……」穆子瑜的臉孔上掛起一絲冷笑。

「是，鄙視。」更何況，就像之前他所說的那樣，學妹百分百不會做出那樣的選擇，除非她腦子壞掉。

「陸明睿。」

「哎呀呀，突然一下子叫我名字的全稱好嚇人啊～」

穆子瑜語氣淡淡的說道：「你真的有把我當作朋友嗎？」

「咦？都憤怒到懷疑友情的地步了嗎？別這樣，小夥伴，我還不想和你絕交呢！」

穆子瑜沒有搭理某人的「胡言亂語」，嘴角勾起一抹冷笑說：「你之所以和我『做朋友』，難道不是為了體會滿足感嗎？」

「……」

第一次，陸明睿沒有回答，只是安靜的聽著對方的話。

「誰都知道，誰都不說，你是一個沒有未來的人。不知道哪一天會死的心情，很忐忑吧？現在看似活在天堂裡，卻不知道哪一天就會墜入地獄，擔憂嗎？害怕嗎？恐懼嗎？在這種時候，看到我覺得很開心吧。」穆子瑜的冷笑聲越來越大，「我這種隨時隨地都生活在地獄中的人，會讓你覺得『活著真好』吧？至少哪怕明天就會死去，比起我也要好得多。」

「什麼啊……」陸明睿笑，「原來你一直都知道啊。」

「是，我一直都知道，卻裝作什麼都不知道，每次你笑咪咪的待在我身旁，以滿足自己那陰暗的心理時，我就會想——反正你明天可能就死了，我不需要和你一個將死者計較。」

「然後就滿足了嗎？」

「啊，滿足了。」

每個人的價值觀都是不同的，比起某一天就會突然淒淒慘慘的死去，穆子瑜認為活著才是最對、最好的。

「嗤嗤……」陸明睿突然抱著肚子大笑了起來。片刻後，他一邊擦著眼淚一邊說：「真好笑啊，我們兩個都在對方的身上獲得滿足感，卻又都裝作什麼都不知道。」

與穆子瑜知道他的真實想法一樣，他自身其實也是一樣，但那又有什麼關係？因為……

「謊言說上一千遍就會變成真實，我們認識也有五、六年了吧？」

穆子瑜微皺起眉頭，「你想說什麼？」

「我想說——」陸明睿站直身體，認真的注視著「朋友」的眼眸，「你也許對我來說真的沒那麼重要，但也並非毫無意義。我想給你一個忠告，想聽嗎？」

「我不聽，難道你就不會說？」

「不愧是『朋友』，真瞭解我。」

「呵呵。」

「別冷笑啦，我心裡被你笑得發慌。不過，子瑜，有付出才有回報，想要回報就必須先付出些什麼。一動不動的等著獵物主動送上門來，這種事恐怕連上帝自身都做不到。而且，什麼都想得到的結果，往往是什麼都得不到。被束縛在廢棄蛛網中的蝴蝶，看似還可以活很久，其實牠自身已經散發出腐爛的味道了，你真的沒有聞到嗎？」

「……」穆子瑜沉默片刻後，回敬說：「聒噪的蟬有資格說這種話嗎？」

「即便會死，但是至少我活過、我努力過、我爭取過，哪怕結局是壞的，至少我還失敗過，比起什麼都得不到的蝴蝶，已經好上太多了。」

「……」

不知何時，陸明睿離開了。

穆子瑜靜靜的站在原地，看著唯一的朋友消失在黑暗中，卻又莫名的覺得，陷入黑暗之中的人是自己才對。

這大概就是……

他無論如何都無法掙脫的未來吧。

《拯救世界吧！少女魔王！06魔王陛下的煩惱很多！》完

敬請期待《拯救世界吧！少女魔王！07》精采完結篇！

K.O. his ex girlfriend
他的前女友
NOVEL 龍雲意
ILLUST 非光
任女友VS前任女友勝負大PK!!
(愛情證書)
打工契約的
・戀愛少女
我想
解約!!!
任務——
擊敗我的
完美前女友!
Perfect ex-girlfriend
時薪
1000
「紅茶」控・
男神經病學長
粉紅且青~~澀~~春校園生活展開吧！

七爺座下02
她的傲嬌相公
焓淇 著
梓攸 繪
七爺座下 他的帥氣娘子
七爺座下 她的傲嬌相公
全套2集，全國各大書店、網路書店、租書店，持續熱賣中！
傲嬌相公韓初見×腹黑娘子秦守七
這世代，男人也可很嬌很柔，女人也可很MAN很腹黑……
秦守七笑道 我信任你，有多愛你便有多信你。
韓初見心想 ……肉麻的七郎！太陽從西邊升起了嗎？！Σ(ﾟ△ﾟ|||)
秦守七捏臉 你是無可替代的。
韓初見撲抱 討厭啦七郎～ ≧︿≦
他終於守得花開，抱得美人歸了！
但是……為什麼是他被七郎公主抱？
典藏閣
華文聯合出版平台 www.book4u.com.tw
采舍國際 www.silkbook.com
不思議工作室_ 立即搜尋
版權所有© Copyright 2015

飛小說系列 152

拯救世界吧！少女魔王！06

魔王陛下的煩惱很多！

出版者■典藏閣
作　者■三千琉璃　繪　者■重花
總編輯■歐綾纖
製作團隊■不思議工作室
郵撥帳號■50017206 采舍國際有限公司（郵撥購買，請另付一成郵資）
台灣出版中心■新北市中和區中山路2段366巷10號10樓
電　話■(02)2248-7896　傳　真■(02)2248-7758
物流中心■新北市中和區中山路2段366巷10號3樓
電　話■(02)8245-8786　傳　真■(02)8245-8718
ISBN■978-986-271-717-2
出版日期■2016年9月

全球華文國際市場總代理／采舍國際
地　址■新北市中和區中山路2段366巷10號3樓
電　話■(02)8245-8786　傳　真■(02)8245-8718

新絲路網路書店
地　址■新北市中和區中山路2段366巷10號10樓
網　址■www.silkbook.com
電　話■(02)8245-9896
傳　真■(02)8245-8819

☞您在什麼地方購買本書？☜

1. 便利商店（＿＿＿市／縣）：☐7-11　☐全家　☐萊爾富　☐其他＿＿＿＿＿＿

2. 網路書店：☐新絲路　☐博客來　☐金石堂　☐其他＿＿＿＿＿

3. 書店（＿＿＿市／縣）：☐金石堂　☐蛙蛙書店　☐安利美特animate　☐其他＿＿

姓名：＿＿＿＿＿地址：＿＿＿＿＿＿＿＿＿＿＿＿＿＿＿＿＿＿＿＿

聯絡電話：＿＿＿＿＿電子郵箱：＿＿＿＿＿＿＿＿＿＿＿＿＿＿＿＿＿

您的性別：☐男　☐女　　　您的生日：＿＿＿＿年＿＿＿＿月＿＿＿＿日

（請務必填妥基本資料，以利贈品寄送）

您的職業：☐上班族　☐學生　☐服務業　☐軍警公教　☐資訊業　☐娛樂相關產業

　　　　　☐自由業　☐其他＿＿＿＿＿

您的學歷：☐高中（含高中以下）　☐專科、大學　☐研究所以上

☞購買前☜

您從何處得知本書：☐逛書店　☐網路廣告（網站：＿＿＿＿＿＿）　☐親友介紹

　（可複選）　☐出版書訊　☐銷售人員推薦　☐其他＿＿＿＿＿＿＿＿

本書吸引您的原因：☐書名很好　☐封面精美　☐書腰文字　☐封底文字　☐欣賞作家

　（可複選）　☐喜歡畫家　☐價格合理　☐題材有趣　☐廣告印象深刻

　　　　　　　☐其他＿＿＿＿＿＿＿＿

☞購買後☜

您滿意的部份：☐書名　☐封面　☐故事內容　☐版面編排　☐價格　☐贈品

　（可複選）　☐其他

不滿意的部份：☐書名　☐封面　☐故事內容　☐版面編排　☐價格　☐贈品

　（可複選）　☐其他

您對本書以及典藏閣的建議＿＿＿＿＿＿＿＿＿＿＿＿＿＿＿＿＿＿＿＿＿＿＿

＿＿＿＿＿＿＿＿＿＿＿＿＿＿＿＿＿＿＿＿＿＿＿＿＿＿＿＿＿＿＿＿＿＿＿

＿＿＿＿＿＿＿＿＿＿＿＿＿＿＿＿＿＿＿＿＿＿＿＿＿＿＿＿＿＿＿＿＿＿＿

✌未來您是否願意收到相關書訊？☐是　☐否

✎感謝您寶貴的意見✎

印刷品

$3.5
請貼
3.5元
郵票
不思議信箱
FUSIGI POST

235 新北市中和區中山路二段366巷10號10樓

華文網出版集團　收

（典藏閣－不思議工作室）